末 ADR 文艺家

[俄罗斯] 陀思妥耶夫斯基 —— 著

丘光 —— 译

·04·
俄罗斯文学
金色经典

白夜

БЕЛЫЕ НОЧИ

ФЁДОР М.
ДОСТОЕВСКИЙ

贵州出版集团
贵州人民出版社

# 评价赞誉

陀思妥耶夫斯基是唯一让我有所得的心理学家,他是我生命中最美妙的好运之一。

——尼采

格里尔帕策、陀思妥耶夫斯基、克莱斯特、福楼拜,我认为这四位是我真正的血亲。

——卡夫卡

欧洲的年青一代,特别是德国的年轻人,是把陀思妥耶夫斯基视为他们的典范,而不是歌德或尼采。

——黑塞

他(陀思妥耶夫斯基)把所有的东西都混在一起了,又是宗教,又是政治……不过呢,他当然是一位真正的作家,所追求的有其深刻之处。

——托尔斯泰

陀思妥耶夫斯基是残酷的天才。

——米哈伊洛夫斯基

陀思妥耶夫斯基不仅是伟大的艺术家,也是伟大的思想家、伟大的心灵预言家,还是天才的辩证论者和最伟大的俄罗斯形而上学者。……他属于基督教世界,其中已彻底显露出存在的悲剧历程……德国人在存在的表层,看到上帝和魔鬼、光明和黑暗的冲突,而当走进精神生活的深处,则只看到上帝,想到光明,这时对立便消失。俄国的陀思妥耶夫斯基所揭示的是,上帝和魔鬼的对立、光明和黑暗的冲突,位于存在的最深处。……上帝和魔鬼是在人的心灵最深处搏斗……陀思妥耶夫斯基不像其他人(德国人),他发现悲剧的矛盾性,并不在于心理层面上,而在于存在的深渊中。

——别尔嘉耶夫

# 目录

白夜 / 1

小英雄 / 79

一个可笑的人的梦 / 131

导读　从梦想爱一个人开始 / 161

译后记　梦想为你宣告了一个新的生活，然后呢？ / 177

陀思妥耶夫斯基年表 / 179

# 白夜[1]

感伤主义小说[2]

(一个梦想者的回忆)

……难道它生来是为了

哪怕只有一瞬间

依偎着你的心?……

——伊凡·屠格涅夫[3]

---

[1] 本篇原作发表于一八四八年十二月的《祖国纪事》杂志,献给友人诗人普列谢耶夫(A.N.Pleshcheyev, 1825—1893)。白夜指小说背景在俄国的圣彼得堡,因接近北极圈,每年夏至时分会有白夜的现象。——俄文版编注与译注(本书注释除特别标示外,皆为译注)

[2] 此副标按原文应为"感伤主义长篇小说"(Сентиментальный роман),当时流行将体裁标注在作品名称之下,但一般文学评论将此作列为中篇小说。

[3] 题词引文出自俄国作家伊凡·屠格涅夫(I.S.Turgenev, 1818—1883)一八四三年发表的抒情诗《花》的末三句,此处第一句的"它"指花,引文与原诗(译文如下)在语意上有两处明显的出入,颇耐人寻味:一、问句形式在原诗为直述句;二、"难道"在原诗为"看来"。从两者语气上的差异,似乎可以感觉出小说家陀思妥耶夫斯基有意与原诗作者屠格涅夫对诘。

白夜

花

你曾在幽暗的树林
在春天鲜嫩的草地
拾得一朵平凡朴素的花吗?
(你是曾经一人——单独在异乡)

在满是露水的草地,它等你
它孤单地盛开……
将自己的纯洁气味
原初味道给你珍藏

于是你摘下那摇晃的花茎
带着一抹和缓的笑
细心地在衣衫纽扣孔
插上这朵被你折损的花

看你走在满是灰尘的路上
周围整片草原烧烫烫
饱满的热气从天空淌下
而你的花朵早已枯萎

它生在静荫中
长在晨雨里
被酷热的灰尘荼毒
被正午的阳光晒伤

那又怎样?再惋惜也枉然!
看来,它生来是为了
在这一瞬间
依偎着你的心

(丘光/译)

## 第一夜

　　那是一个美妙的夜晚,亲爱的读者啊,那样的夜晚,只有在我们年轻的时候才会有。天空就是这么满布星子,这么明亮的天空,看一眼就会不禁自问:难道在这样的天空下,还会有那些各种各样坏脾气和任性的人吗?这也是个幼稚的问题,亲爱的读者,非常幼稚,但愿上帝要您把这问题更常放在心上!……说到任性和各种各样坏脾气的先生,我不能不想起在这一整天我都规规矩矩的。打从一早开始,就有一种怪异的苦闷烦扰着我。我突然觉得,孤单的我,被全部人抛弃,全部人都离我而去。这个,当然啦,每个人都有权问:这"全部人"指的是谁呢?因为从我住在彼得堡这八年来,我几乎没能够认识一个人。但我何必要认识谁?我本来就认识整个彼得堡。这也是为什么当整个彼得堡动起身来,突然就往别墅跑去的时候,我就觉得被全部人抛弃。留下我一个让我感到很害怕,我满怀苦闷在城市里游荡了整整三天,完全不明白我怎么了。我不管是去涅瓦大道,还是去花园,或是在堤岸徘徊——那些我习惯在一年的特定时刻、同一地点会遇见的人,一个都不在。他们当然不认识我,可我倒是认识他们。我很了解他们,几乎摸熟了他们的面相——他们高兴的时候我就欣赏,他们烦闷的时候我就忧愁。我几乎要跟一个老头子交上朋友,这是我每天特定时刻在喷泉河[1]都会遇见的人。他的表情是那么傲慢又若有所思,总是喃喃自语,左手经常挥来挥去,右手拿一根长而多节的金柄手杖。甚至他也注意到了我,并由衷地关心我。要是我在特定时刻没出现在喷泉河的同一地点的话,我相信他会感到惆怅。这就是为什么我们有时候差点就要对彼此点头打招呼,尤其在双方的心情都很好的时候。不久前,我们整整两天没见,在第三天碰见的时候,我们就快要拿起帽子,幸好及时冷静了下来,才把手放下,然后心怀同情地擦肩而过。我对房子也很熟悉。我走路的时候,每栋房子都好像跑到我前头的街上,透过每扇窗望着我,几乎是在说:"您好,您身体好吗?我呢,感谢上帝,很好,而且五月人家要帮我加盖一层楼。"或者说:"您身体好吗?我明天要做整修。"或者说:"我差点没被烧掉,吓死我了。"诸如此类的。这里面有几个是我特别喜欢的,是我的亲密朋友,其中一个打算在这个夏天让建筑师"治疗治疗"。我每天都要特地去看看,可别被人家随随便便给医坏了,主啊,保佑他!……可是我永远不会忘记那个非常漂亮的淡粉红色小房子的事情。这是一栋多么可爱的石砌小房子,他多么亲切地望着我,又多么自负地瞧着隔壁那些笨拙的房子,每当我经过的时候都让我心情快活。突然间,上星期我沿街走去,一看到这位朋友——我便听到抱怨的叫喊:

---

[1] 喷泉河(Fontanka),或称丰坦卡河,涅瓦河三角洲的一条支流,源自夏园附近,注入大涅瓦河。(本书注释若无特殊说明,均为译者注)

"我被人家漆成黄色的了!"坏蛋!野蛮人!他们毫不留情:连柱子和檐板都不放过,我的朋友变成了黄色的,好像金丝雀似的。这件事简直让我怒不可遏,我到现在还没办法去见我这位被漆了天朝颜色[1]、被糟蹋了的可怜儿。

所以,读者啊,你们明白了吧,我就是这样认识整个彼得堡的。

我刚刚说过,整整三天我不得安宁,后来我才搞清楚原因。不只在街上我觉得不舒服(少这少那的,不然就是某某人又跑到哪里去了)——连在自己家里我都感到不自在。我追问了自己两个晚上:我在自己的栖身之处还缺什么吗?为什么待在这里这么别扭?——我困惑不解地仔细看看那几堵熏黑了的绿色墙壁,以及挂着蜘蛛网的天花板,那可是玛特廖娜栽培有功的。我重新检视了我所有的家具,仔细看每一张椅子,心想,问题不会是在这里吧?(因为只要有一张椅子跟昨天摆的位置不一样,我就会觉得不自在。)我看着窗户,一切都枉然……丝毫没有更轻松!我甚至忽然想叫玛特廖娜过来,为了蜘蛛网和做事草率连连,马上给她来一顿父亲般的责备,但她没回半句话,只惊讶地看一看我便走开了,因此这蜘蛛网到现在还安然挂在原处。终于,我今天一大早才发现到底是怎么一回事。欸!就是他们都丢下我急忙

---

[1] 指当时中国清朝的皇室色调。

溜去别墅了！抱歉用这种俗气的字眼，但我管不了表达高不高雅了……因为就是整个彼得堡一个人也没有，要么已经走了，要么就是在去别墅的路上；因为每一位外表庄重令人尊敬的先生，雇了马车夫后在我眼前立刻就变成令人尊敬的家族父老，他们完成平日的职责工作，轻装上路朝各自的家庭中心而去，往别墅去了；因为每一个路人现在都已经有了个十分特殊的表情，几乎是在跟每个遇到的人说："先生们，我们只是路过这里，再过两个钟头我们就要到别墅了。"要是有扇窗户打开了，一开始有几根细嫩且白如糖霜的手指敲着窗户咚咚响，一位漂亮的女孩探出头，把卖花小贩叫过来——我当下立刻觉得，此时买这些花只因为，确切地说，根本不是要在这个沉闷的城市公寓里欣赏春天和花朵，而是很快就要离开，要随身带去别墅的。何况，我在观察发现上有自己一套崭新独特的方式，还颇有一番成绩，我已经可以看一眼就分毫不差地分辨出谁会住在哪种别墅里。石头岛和药师岛或彼得霍夫大道[1]上的居民，特点是为人熟知的优雅举止、讲究的夏季服装，以及他们进城所搭的华丽马车；帕尔戈洛沃[2]，以及比那里更远的居民，第一眼看到他们就让人有一种谨慎又稳重的"印象"；十字架岛的访客特点是，脸上有一种沉静的愉快

---

[1] 皆为风景优美的地方，有许多公园和别墅，是富裕人家的休憩去处；彼得霍夫大道上还有多处皇族的郊区宅邸，包括夏宫等。——俄文版编注与译注
[2] 帕尔戈洛沃（Pargolovo）是当时彼得堡北郊的别墅小镇。

表情。有时候我会遇上一列长长的货车队伍，车旁一个个车夫手持缰绳懒散地走来，车上载有各式各样的家具，有桌子、椅子、土耳其沙发和其他沙发，以及其他的家用杂物，在这堆积如山的用品最上方，经常高高端坐着一位瘦小的厨娘，她看管老爷的财物就像爱护眼珠子似的；我还会看见装载沉重家用品的船只，沿着涅瓦河或喷泉河滑行，往小黑河[1]或其他诸岛而去——货车和船只在我眼前十倍、百倍地增长，似乎，全都出发了，全都整批整队地搬到别墅去了，似乎，整个彼得堡有变成荒漠之虞，因此最后我感到羞愧、难受又忧伤：我根本无处可去，也没必要去别墅。我愿意跟任何一辆货车离去，跟任何一位外表庄重、雇有车夫的先生走，可是没有一个人，根本没有人邀请我，仿佛我被大家遗忘，仿佛我对他们来说真的就是外人！

我走了好多地方，走了好久，通常这样可以让我忘记我在哪里，突然间我不知不觉就到了城关。一转眼我兴致来了，我就越过了拦路杆，往播了种的田野和草地中间走去，不觉疲倦，而全身上下只感觉到，好像心头落下了某种重担。所有往来的人亲切地看着我，几乎就要彼此打招呼问候了，所有的人都不知道为什么感到高兴，所有的人无一例外都在抽雪茄。连我也高兴，好像我从来没遇到过这样的事。仿佛我突然现身在意大利似的——

---

[1] 位于石头岛和药师岛的北部郊区；小黑河因诗人普希金（A.S.Pushkin, 1799—1837）在此决斗而闻名。

大自然真是令我这个有点病态、差点没闷死在城墙里的都市人震惊不已啊。

在我们彼得堡的大自然里，有些东西让人感动得难以言喻，春天来临时，大自然会突然使出浑身的本领，展现天空所赐予它的一切力量，变得毛茸茸的，装点得漂漂亮亮，花朵开得色彩缤纷……不知怎么它会让我想起一个憔悴又有病的女孩，您有时候会怜惜地望着她，有时候会带有某种同情的爱意，有时候实在是不会去注意到她，但她会在突然一瞬间，不知怎么偶然之间就变得美丽得难以言喻且教人惊奇，而震惊又陶醉的您，会不由自主地问自己：是什么样的力量使得这双忧伤沉静的眼睛绽放出这般火光？是什么在这苍白消瘦的脸颊上激起了红润气色？是什么在这温柔的容貌上灌注了激情？为什么这胸脯如此起伏？是什么这么突然在这可怜女孩的脸庞上激发出力量、生命和美，使这张脸绽放这般笑意，焕发这般闪闪发光的笑容？您四下张望，您找寻某人，您左猜右想……但这一刻过去后，可能隔天您又会遇见那个若有所思又漫不经心的眼神、一如以往同样苍白的脸庞、同样温顺羞怯的动作，甚至懊悔，甚至某种因一时激动而令人窒息的忧愁烦恼的痕迹……您会遗憾，瞬间的美这么快又这么无法挽回地凋萎了，在您面前这么虚幻又徒劳地一闪而过——遗憾是因为，甚至您要爱她都来不及……

而我的夜晚始终比白天要好！现在来看看怎么会这样：

# 白夜

我回到城里已经很晚了，快到公寓的时候，已经过了十点钟。我沿着运河[1]的堤岸道走，在这个时候这里不会遇到活生生的人。确实，我住在城市最偏远的一区。我边走边唱歌，因为当我心满意足的时候，我就一定会轻声哼唱点什么，就像任何一个既没朋友又不识好心人士，而且在快乐时刻也没人可分享自己快乐的幸福的人那样。突然间，我碰上了一件非常出人意料的事。

在靠近运河栏杆的那边，站着一个女人，她手肘支着栏杆，看起来非常专注地望着运河混浊的水面。她戴了一顶非常好看的黄色帽子，身披一件迷人的黑色短披肩。"这是个女孩，而且一定是黑头发的。"——我心想。我经过的时候，屏住呼吸，心跳猛烈，她似乎没听到我的脚步声，甚至动也不动。"奇怪！"我想，"也许，她想事情想得太入神了。"忽然间我停下脚步不动。我好像听到低沉的哭泣声。对！我没听错：是女孩在哭，没多久抽噎得更厉害了。我的天啊！我的心头一紧。虽然我面对女人很害羞，但这可是特别的时刻啊！……我转身走向她，本该要说出"小姐！"才对——要是我不知道这个称呼已经在所有的俄罗斯上流社会小说中出现过上千次就好了。这一点让我停了下来。但当我还在挑选适当的措辞时，女孩回过神来，看看四周，忽然觉得该走了，她低下头，沿着堤岸道从我身边溜走。我立刻

---

[1] 指叶卡捷琳娜运河（Ekaterinsky Kanal），现名格里博耶多夫运河（Kanal Griboyedova）。——俄文版编注

尾随她，但她猜到了我的想法，便不走堤岸道，横穿过街，沿着对面的人行道离去。我不敢过街。我的心颤抖得像是只被捕获的小鸟。突然间有个机会帮了我一个忙。

在人行道那边，离我那位陌生女子不远处，突然出现一位穿燕尾服的先生，看来是老成庄重的年纪，但步态可称不上庄重。他摇摇晃晃、小心地靠墙走着。女孩则走得像飞箭似的，匆忙而害羞，就像所有女孩一向该有的那副模样，她们并不想有人在夜里自告奋勇送她们回家，然而，毫无疑问，要是我的命运冥冥之中没有提点他去找一些馊主意，那位摇摇晃晃的先生无论如何都追不上她的。突然间，这位先生没对任何人说一句话，拔起腿来全力飞奔，边跑边追着我的陌生女子。她走得像风一样，但摇摇晃晃的先生一直追赶她，最终追上了她，女孩大叫一声——接下来……我感谢命运准备了一根极佳的多节手杖，它这时候刚好就在我的右手上。一转眼我就现身在对面的人行道上，这一瞬间不请自来的先生明白了当下的情况，考虑到不可抗拒的因素，他默默退却了，只在我们离开很远之后，他才用相当粗暴的字眼对我抗议。但是他的话几乎传不到我们这里。

"把手给我，"我对陌生女子说，"他再也不敢来纠缠我们了。"

她默默将一只仍因紧张、惊吓而颤抖的手伸向我。啊，不请自来的先生！这一刻我真是感谢你呀！我匆匆看她一眼：她真是漂亮，是个黑发女孩——我猜对了。不知道是因为刚才的惊吓还是之前的忧伤，她那双黑睫毛上还闪着泪珠。但脸上已经绽放了笑容。她也偷偷看我一眼，脸稍微红了起来，随即低下头去。

"您看吧，为什么您刚才要赶走我？如果我还待在这里，就什么事都没有了……"

"但是我不认识您，我想您也是……"

"难道您现在认识我了吗？"

"有一点了。看看这个，比如我知道您的手在发抖。"

"啊，您一下就看出来了！"我惊喜地回答，我这位女孩是聪明人：这点从来不影响美丽的外表。"对，您一眼就看出来，您是在跟谁打交道。确实，我跟女人相处时很害羞，我不否认，我的紧张不会比您前一刻被那位先生吓着的时候少……我现在还有点惊慌。仿佛是梦，我甚至在梦中也想不到，我有一天会跟某个女人说上话。"

"怎么会？真的吗？……"

"对，如果我的手在发抖，那是因为，它从来没有被像您的这样一只漂亮小手给紧握过。我完全跟女人疏远了，更确切地说，我对她们是从来没习惯过的，因为我是孤单一个人……我甚至不知道该如何跟她们说话。现在我也不知道——我有没有对您说了什么愚蠢的话？直接告诉我吧。先跟您说，我不会见怪……"

"不，没有，没有，正好相反。如果您就是要我坦白说，那我就跟您说，女人喜欢这种害羞的性格，要是您想要知道得更多一些，那就是我也喜欢这点，还有到家之前我不会再赶您走了。"

"您会把我变得，"我开口说，惊喜中喘不过气来，"让我立刻就不害羞了，到时候——就跟我所有的手段道别吧！……"

"手段？什么手段，做什么用的？这真是不好。"

"是我的错，我不会这样了，是我脱口而出的话。但是您怎么会在这种时候没想过要……"

"讨人喜欢，是吗？"

"对啊。您就看在上帝的分儿上，麻烦您行行好吧。想想看我是个什么样的人！因为我现在已经二十六岁了，却从来没跟任何人往来过。唉，我怎么能好好说话，又怎能说得合宜得体呢？如果这一切公开坦白出来，对您会更有好处……当我的心里有话想说的时候，我不会沉默。唉，全都无所谓……您信不信，女人我没有一个认识，从来没有，从来没有！没有一个认识！我只能每天梦想，终究有一天我会遇到某个人。啊，要是您知道就好了，多少次我都以这样的方式陷入恋爱中！……"

"但怎么可能，爱上谁呢？"

"谁也没爱上，不过是爱上一个理想的对象，爱上那个在梦中出现的人。在梦中我编造了成篇的浪漫故事。嗳，您不了解我！的确，也不是说一个也没有，我遇到过两三个女人，但她们是什么样的女人呀？全都是家庭主妇，那种……但是我会让您觉得好笑，我跟您说，有几次我想开口说话，就很不客气地跟街上某个贵族女子交谈，不用说，是当她单独一人的时候。当然，我话说得很害羞、恭敬又情绪激动。我说我一个人烦死了，要她别赶走我，说不论什么样的女人我都无从认识，我暗示她，说甚至基于女性的天职，也不该拒绝像我这么不幸的人的羞怯哀求。说穿了，我所要的全部，不过就是跟我说两句友好的话，抱以同情，不要一开始就赶我走，相信我要说的，听完我要说什么，再嘲笑我也无妨，只要给我希望，跟我说两句话，两句话就好，之后就算我跟她永远不再相见都无所谓！……但是您在笑……话说回来，我就是要您这样才说说这些的……"

"别气了。我笑的是，您的敌人是您自己，您不妨去试试看，应该会成功的，或许，即使在街上也行。越单纯越好……任何一个好心的女人，除非她笨，或者这时候因为什么事情特别生气，不然不会因为您这么害羞地恳求两句话，就决定要赶您走开的……可是，我是在说什么呢！当然，她是可能会把您当成疯子的。我不过是照自己所想的去评判。世上人们是怎么生活的，我自己难道又懂很多吗！"

"啊，感谢您，"我大喊，"您不了解，现在您对我是做了什么好事啊！"

"好了，好了！但您告诉我，您怎么知道我是那种女人，就是……唉，就是那种您认为值得……关心和友好的女人……简单一句话，不是像您刚刚所说的家庭主妇。为什么您决定要来接近我？"

"为什么？为什么？不过就是您单身一人，那位先生太过放肆，现在又是夜晚——您自己也会同意这是义务……"

"不，不，更早之前，那里，在那一边。您不是就想过来找我吗？"

"那里，在那一边？可是我，说真的，不知道如何回答。我怕……您知不知道，我今天很幸福，我走着走着，唱着歌，我到了城外，我还从未有过这种幸福的时刻。您……或许是我觉得……唉，原谅我提起这件事：我当时觉得您在哭，而我……听到这个会受不了……我的心头一紧……啊，我的天呀！哎，难道我就不能担心您吗？难道对您抱有兄长般的同情也是罪过吗？……对不起，我说到同情……哎，是啊，简单说，难道我不由自主地想接近您也能算是欺负您吗？……"

"停，够了，别说了……"女孩低头握紧我的手说，"我挑起这个话题是我的错，但我很高兴，我没有看错您……但现在我已经到家了，我要到这里，到这条巷子，这就两步路了……再见，感谢您……"

"难道就这样，难道我们永远不再见面？……难道就这样没有结果？"

"看到没，"女孩笑着说，"您一开始只想说两句话，现在却……但是，我还是别跟您多说了……或许，我们会再见面……"

"我明天会来这里，"我说，"啊，原谅我，我已经在要求了……"

"是啊，您真没耐心……您几乎是在要求……"

"您听我说，听我说！"我打断她的话，"抱歉，如果我再跟您说这种话……不过事情是这样的：明天我不能不来这里。我是个梦想者，我没什么实际的生活经验，像现在这种时刻我认为很难得，因此会在梦中不断出现。我会整晚、整个星期，甚至一整年梦见您的。我明天一定要来这里，就这里，在这同一地点，就这同一时间，到时候我一想起前一晚的事情就会很幸福。单就这地方对我来说也是可爱的。在彼得堡我已经有两三处这样的地方了。我甚至有一次想着想着哭了起来，就像您……说不定，也许您在十分钟前也是想起什么事情就哭了……但是原谅我，我又放肆了。您也许曾经在这里有过特别幸福的时刻……"

"好，"女孩说，"明天我大概会过来，也是十点钟。我看，我已经没办法阻止您了……事情是这样的，我必须来这里，不要以为我是在跟您约会，我事先跟您说清楚，我来这里是为了我自己的事。但是这……好，我就跟您直说：如果您要来，也没关系。首先，可能还会发生像今天这种不愉快的事，但不管这个……简单说，我只是看看您就好……跟您说两句话。只不过，要知道，您现在不会批评我吧？别以为我这么轻易就跟人约会……我之所以约您，要不是……但这就当作我的秘密吧！只是要事先讲好条件……"

"条件！您就说，说吧，全都事先讲好，我全都同意，全都会做到。"我兴奋地大叫，"我说到做到——我会听话，会恭恭敬敬……您了解我……"

"正是因为了解您，才邀您明天过来，"女孩笑着说，"我完全了解您。但是，您看看吧，要答应一个条件再过来，主要是（就劳烦您遵守我的要求——要知道，我说得很坦白），不要爱上我……这是不行的，您要相信。我只打算做朋友，我的手这就伸给您……但请您不可以爱上我！"

"我向您发誓保证。"我抓住她的小手大喊……

"够了，不用发誓，因为我知道，您可以像火药一样冲。如果我这么说，可别怪我。您可能不知道……我也没有人可以诉说，也没有人可以请教意见。当然，总不能在街上找人请教，但您是个例外。我多么了解您，仿佛我们已经是二十年的朋友了……是不是？您不会变吧？……"

"您看着吧……只是我不知道，我应该怎么度过这一整天哪。"

"好好睡吧，晚安——您要记得，我已经信任您了。而您不久前的感叹说得多么好：难道每一种情感，甚至连兄长般的同情，都得清楚交代！您知不知道，这话讲得多么好，我脑中立刻掠过要信任您的念头……"

"看在上帝的分儿上，可是您要说什么？什么？"

"明天再说。这就暂时当作是秘密吧。这样对您不是更好吗？至少远看很像是浪漫的爱情关系。也许，我明天就会跟您说，也许不会……我还要跟您更进一步谈谈，我们彼此才会认识更深……"

"啊，关于我自己，明天我会全都跟您说！但这是怎么回事？仿佛我身上发生了奇迹……我在哪里？我的天呀！好了，告诉我，难道您会因为没有对我生气，像其他女人会做的那样，也没有在一开始就赶我走，因此而不高兴吗？才两分钟，您就把我变成了永远幸福的人。对！幸福的人。说不定，也许您会让我跟自己和好，会解决我的疑问……也许，这样的时刻正发生在我身上……好啦，我明天全都跟您说，您全都会清楚的，全部……"

"好，我会听，到时候您先讲……"

"我同意。"

"再见！"

"再见！"

随后我们分开了。我走了一整夜，我拿不定主意要不要回家。我是这么幸福……明天见了！

## 第二夜

"嘿,您这不是度过了一天!"她笑着握住我的两只手,对我说。

"我已经在这里两个钟头了。您不知道,我这一整天是怎么过的!"

"知道,知道……但是回到正题来。您知不知道,我为什么要来?可不是像昨天那样来胡扯的。是这样:我们以后的行为应该要更理智一点。关于这一切我昨天想了很久。"

"是哪方面,哪里要理智一点?从我的角度来看,我同意,但是,说真的,我生命中还没有过比现在更理智的时候。"

"真的吗?首先,请您不要这样紧紧握着我的手;其次,我告诉您,关于您我今天反复思索了好久。"

"好吧,那结果是什么?"

"结果是什么?结果是,一切必须重新开始,因为今天我所得出的最终结论是,您对我来说甚至还很陌生,我昨天的行为像个小婴儿、小女孩似的,所以自然而然就如此收场:都是我心太好的错,也可以说,是在自我吹嘘——当我们才刚要厘清自己的心意,往往最后都是这样。所以为了要改正错误,我决定仔仔细细地把您打听清楚。但是因为没办法从任何人那里打听到您,那么您应该亲自对我说出一切,一切我所不知道的事情。好了,您是个什么样的人？快点——开始吧，说说自己的故事。"

"故事！"我吃惊地大喊起来，"故事！但是谁告诉您，我有自己的故事？我没有故事……"

"要是没故事的话，那您是怎么生活过来的？"她笑着打断我的话。

"完全没有任何故事！我是这么过活，就像人家说的，自己过自己的，就是说完全是自己一个人——一个人，全部就一个人——您明不明白这'一个人'是什么意思？"

"怎么会一个人呢？这是说您从来不跟任何人见面吗？"

"唉，不是，见是会见到——而我还是独自一人。"

"怎么，难道您跟任何人都不说话吗？"

"严格说来，是跟任何人都不说话。"

"那您到底是个什么样的人，您说清楚！等等，我来猜猜看：您大概跟我一样，家中有个奶奶。她眼睛瞎了，所以这辈子都不放我走，因此我几乎不太会说话了。差不多两年前我做出了一件不体面的事，让她觉得留不住我了，她忽然把我叫来，然后用别针把我的衣服和她的别在一起——从那个时候开始，我们就整天待在一起，她虽然看不见，还可以编织袜子，而我坐在她身旁，做点针线活，或读点书给她听——这么奇特的生活习性，我已经被这样别上两年了……"

"啊，我的天，真是不幸！才没有呢，我没有这样的奶奶。"

"如果没有，这样您怎么能在家待得住？……"

"听我说，您想知道我是个什么样的人吗？"

"嘿，是呀，是呀！"

"严格地说吗？"

"最严格地说吧！"

"好吧，我——是一种人。"

"一种人，一种人！哪一种人？"女孩哈哈笑得仿佛她一整年都没笑过，喊着说，"跟您在一起真是太开心了！您看看，这里有张长凳，我们坐下吧！这里没人会过来，没人会听见我们说的，那么就开始说您的故事吧！因为您就是不让我相信，您有故事，您只是在隐瞒罢了。首先，这一种人是什么意思？"

"一种人呢，一种人——就是怪人，这是一种可笑的人！"我也像她那样用孩子气的笑声哈哈大笑后回答，"这是一种性格。听我说，您知不知道，什么是梦想者？"

"梦想者？抱歉，怎么会不知道？我自己就是梦想者！有时候坐在奶奶身边，脑袋里面一片空白。嘿，这时候你就会开始梦想，而且就这么越想越深——看，我就这样嫁给一位中国的皇太子……要知道有时候做这种梦很美好！不，也未必，上帝才知道吧！尤其在你不做梦而有事要思考的时候。"女孩这时候相当严肃地补充说。

"好极了！既然您已经嫁给了中国的皇太子，这样的话，您就会完全了解我。好，听我说……不过请问，我还不知道，您怎么称呼？"

"终于啊！您想起来得还真是早！"

"哎呀，我的天！我连这都没想到，居然还觉得很好……"

"我叫——娜斯坚卡。"

"娜斯坚卡！就这样？"

"就这样！难道您觉得还不够，您这不知足的人！"

"不够吗？正好相反，够多了，够多了，非常多，娜斯坚卡，假如您一开始就让我叫您娜斯坚卡[1]，那您真是个好心肠的女孩！"

"这样才对！好了！"

"好，娜斯坚卡，这下听我说说，看我这里有什么好笑的故事。"

我在她身旁坐下，摆出一副书呆子的严肃姿态，仿佛在念书似的开始说：

"有的，娜斯坚卡，您要是还不知道的话，彼得堡有一些相当奇怪的小角落。顾着这些地方的，仿佛不是照耀全彼得堡人的同样的那个太阳，倒像是另外一个新的，仿佛是刻意定做给这些角落用的，它用另一种特别的光芒照耀一切。在这些角落里，亲

---

[1] 这是"安娜斯塔西雅"的小名，通常与对方亲近时才会用小名相称。

爱的娜斯坚卡,仿佛完全过着另外一种生活,不像我们周遭的生活那么热闹,或许在非常遥远的神秘国度里才有那种生活,并不在我们这里,不在这种严肃得不得了的时代。看,这种生活就是混杂了一些纯粹幻想的、狂热理想的东西,还掺了点(唉,娜斯坚卡呀!)平淡、乏味又普通的东西,但不至于被人说是'庸俗至极'。"

"呵!我的老天,主啊!这是什么开场白呀!我还会听到什么东西呀?"

"您会听到,娜斯坚卡(我觉得,我永远都不会厌烦叫您娜斯坚卡),您会听到,在这些角落里住着一种奇怪的人——梦想者。如果要详细定义梦想者的话,可以说这不是人,而是,您知不知道,有点像是中间物种[1]。他们多半居住在某些难以靠近的角落,仿佛甚至是为了躲避日光而隐身其中,如果真要藏身,那就会这样窝在自己的角落里不动,像蜗牛那样,或者,至少在这方面非常像一种有趣的动物,就是生物体与住处合一、被称为乌龟的动物。您怎么想?为什么梦想者这么爱他那四堵墙?还一定是用绿漆粉刷过的、熏黑了的、沉闷且烟熏味重得让人受不了的墙壁?这位可笑的先生,当有某个少数他认识的人来拜访他的时候

---

[1] 中间物种原文用 "существо среднего рода",字面意思为中间种类的生物。在十九世纪生物学尚在发展中的阶段,可以理解作者的描述较模糊,同时也语带戏谑。而从上下文来看,这疑似为介于人类与软体动物(蜗牛)、爬行动物(乌龟)之间的生物。

（而最后他总是让所有认识的人不再出现），为什么这个可笑的人迎接访客的时候，会这么困窘、脸色大变，还惊慌失措？仿佛他刚刚在自己的四堵墙内犯了罪似的，仿佛他制造了假钞，或是匿名在杂志上投稿了一些小诗，投稿信中还指出，真正的诗人已死，而身为朋友的他认为基于神圣的义务得出版这些格律诗[1]，是吗？为什么？告诉我，娜斯坚卡，这两位对话者这么谈不来吗？为什么突然进来的这位困惑的朋友，既没有忍不住笑出来，也没讲什么热络的话？这位朋友在其他场合却很爱笑，也爱热络交谈，还爱聊女人和其他欢乐的话题。到底为什么？还有，这位朋友大概是不久前认识的，并且是第一次拜访（由于这次的经验也不会有第二次了，朋友下次不会来了）——为什么这位朋友望着主人那张往后仰的脸，用尽说俏皮话的本领（如果这东西他有的话），还是这么困窘，这么瞠目结舌？主人同样已经完全不知所措，在末了的谈话中糊涂离题，虽然他用尽一切努力想要让谈话顺畅又丰富，展现自己对上流社会的了解，也开始谈到女人，以为至少这样的恭顺态度会受到那位不该去却误入他家做客的可怜人喜爱，却是白费力气。还有，为什么客人突然想起一件非常要紧的事（根本没有这件事），就忽然拿起帽子迅速离去？他好不

---

[1] 格律诗原文用"Вирши"，意指十七、十八世纪从乌克兰传来的格律固定的诗，另指平庸的诗。因此这里给读者的印象是：刻板、过时、平庸的诗作，显然这又是作者的戏谑。

容易从主人热情的握手中抽出手来，而主人百般努力露出懊恼的表情，想挽救这慌乱的场面。为什么离去的朋友一走到门外就哈哈大笑，并且立刻告诉自己再也不想到这个怪人的家里来了？虽然这个怪人本质上是个优秀的小子，同时，离去的客人怎么都忍不住让自己的想象变得有点漫无边际：哪怕用不太相干的例子，也要把前不久这位交谈者在见面时每一刻的容貌，拿去跟一只不幸的小猫崽的模样相比，那小猫崽被小孩狡诈地抓住不放，被蹂躏、吓唬、百般欺负，它惊慌到极点，最后从他们手里跳开躲到椅子下，躲在黑暗中，在那里它有时间花整整一小时刻意竖着毛发怒，呼哧着喷气，用双掌搓揉自己那张受屈辱的脸，之后对外面的环境和生活仍久久敌视着，甚至对食物也一样，那还是位有同情心的女管家帮它从主人餐后留下的。这些是为了什么？"

"您听我说，"娜斯坚卡瞪大了眼睛，张着小嘴，一直惊讶地听我说，然后打断了我的话，"您听我说：我完全不知道，这一切为什么发生，还有为什么偏偏是您向我提出这些可笑的问题，但我确实知道的是，所有这些奇遇一定原原本本就是您自己遭遇过的。"

"毫无疑问。"我表情极为严肃地回答。

"好吧，如果毫无疑问，那就继续说吧，"娜斯坚卡回答，"因为我很想知道这会怎么结束。"

"娜斯坚卡，您想知道我们的主角在自己的角落里做了什么事？或者，更确切地说，是我做了什么事？因为所有事件的主角——就是我本人，我这卑微的小人物。您想知道为什么因为一个朋友的突然来访我会整天这么惊慌又失措？您想知道当我的房门被打开的时候，为什么我的心这么忐忑，脸又这么红？为什么我不会接待客人？又是为了什么，我这么可耻地毁在自己好客的重担下？"

"对呀，对！"娜斯坚卡问答，"问题就在这里。您听我说，您讲得很好，但能不能设法讲得不要这么好？不然的话，您讲得就好像在照书本念一样。"

"娜斯坚卡！"我语带高傲又严肃地回答，勉强忍住不要笑出来，"亲爱的娜斯坚卡，我知道我讲得很好，但——这是我的错，要是换一种方式我就不会讲了。现在，亲爱的娜斯坚卡，现在我就像是被所罗门王用七道封印封在罐子里一千年的精灵[1]，这七道封印终于都被解开。现在，亲爱的娜斯坚卡，历经这漫长的分离后，我们再次相会——因为我已经认识您很久了，娜斯坚卡，因为我已经找寻某一个人很久了，而我的脑袋中现在有上千个阀门打了开来，我得把满江满水的话给倾泻出来，不然我会憋死——这就是征兆，说明我要找的正是您，我们原本就注定现在要见面。就这样，我请您别打断我，娜斯坚卡，只要温顺地、

---

1 情节出自《一千零一夜》中《渔夫的童话》。——俄文版编注

乖乖地好好听，否则我就不说了。"

"不不不！绝对不可以！您说！我现在一句话也不说。"

"那我继续说：我的朋友娜斯坚卡，在一天之中我有一个非常喜爱的时刻。这也是所有的事情、工作、义务快要结束，并且大家赶忙回家吃饭、飞奔去休息的时刻，这时候，大家在路上会构思一些不一样的余兴节目，来打发晚上、夜间和剩下的空闲时间。在这个时刻，我们的主角——就请您允许我用第三人称讲吧，娜斯坚卡，而且用第一人称的话会很不好意思——就这样，在这个时刻，也不是没事做的我们的主角，跟在其他人后面走着。但在他那苍白且像是有点揉皱的脸庞上，闪过一种怪异的快感。他心怀感触地看着缓缓消逝在彼得堡阴冷天空中的晚霞。我说'看着'，那是谎话，因为他不是看着，而是有点无意识地凝望，仿佛他累了，或者那当下他的心思放在其他更有趣的事物上，因此对于周遭的一切，只有短短一瞬，几乎是无意间，他得以拨点时间去瞥一眼。他很满意，因为到明天之前他已经做完了令他烦恼的事情，他像是从课堂上放出去尽情玩耍的调皮小学生一样高兴。您从一旁来看看他，娜斯坚卡，您马上会看到，他那愉快的感觉已经顺利地感染到他那虚弱的神经和过度兴奋的幻想了。看他这时候好像在思索着什么事情……您认为是在想吃饭？在想今天晚上的事？他是看什么看得这么出神？是不是在看那位外表庄重的先生？那人如此优美地向面前驶过的一辆华丽快马车上的女士点头致意,是吗?不,娜斯坚卡,他现在哪还要管这些琐事!他现在已经完全拥有一套自己的独特生活,他不知怎么突然变得富有,落日余晖并不是白白在他面前这么令人愉快地一闪而过,还在他烘暖了的心头唤起一串串的感受。现在,他勉强才认出这条路,而从前这路上即便是最琐碎的小事都可能令他惊讶。现在,'幻想女神'(如果您读过茹科夫斯基[1]的话,亲爱的娜斯坚卡)已经用那神奇的手编起了她那金黄的经线,并在他面前织出一片片前所未见又奇妙的生活图案——然后谁知道呢,或许,她会用神奇的手将他从漂亮的花岗岩人行道(是他沿着走回家的路)带往水晶七重天去。您现在试试让他停下来,突然问他,他现在身在何处?在哪些街道上走过?他大概什么都记不得,既不知走过哪里,也不知现在身在何处,所以就懊恼得脸红,还一定会为了挽回颜面而撒点谎。因此,当一位非常可敬的老太太有礼貌地在人行道上拦住他,迷路的她向他问路,这时候他才会这么颤抖了一下,几乎要大喊起来,并且惊慌地四下张望。他气恼地皱着眉头,越走越远,几乎没注意到,看见他的路人没有一个不笑的,还在他身后指指点点。也没注意到,某个小女孩胆小地让路给他,但她张大眼睛看到他那冥思中的张嘴大笑

---

[1] 茹科夫斯基(V.A.Zhukovsky,1783—1852),俄国浪漫主义诗人,幻想女神是他在《我的女神》(1809)诗中所歌颂的对象,此诗是从歌德的同名诗作(1780)自由翻译而来。——俄文版编注与译注

和手势之后，也放声笑了起来。但还是那位幻想女神，在快乐的飞行中抓走了老太太、好奇的路人、笑着的小女孩，以及当时在那些占满了喷泉河（假设这时候我们的主角沿着这条河走）的驳船上吃晚饭的船工，她顽皮地将所有的人和事物织进了她的底布，就像把苍蝇投入蜘蛛网，而带着崭新收获的怪人已经回到了自己的快乐小窝，已经坐下来吃饭，也已经吃完了很久，但他清醒过来是在那位若有所思又老是忧愁的玛特廖娜服侍他的时候，那时她已经把桌上的东西全收走，给了他烟斗，他才清醒过来，并惊讶地想起，他已经吃完饭了，而这是怎么发生的他却完全没注意到。房间变得暗淡，他的心里空虚又忧伤，整个梦想的王国在他身边毁灭了，消灭得不见踪迹，也没有喧闹嘈杂，像是梦境一闪而过，连他自己都不知道梦见了什么。但是有一种闷闷的感受，让他的胸口因而有点发痛又激动，有某个新的欲望诱人地搔着、刺着他的幻想，不知不觉中召集一大群新的幻影。小房间里静悄悄的，孤独和懒散惯养着想象，这想象微微地燃烧，微微地沸腾，就像是老玛特廖娜咖啡壶中的水一样，她在旁边厨房里从容不迫地给自己泡一杯厨娘咖啡。这想象就要一点一点地爆发开来，而我们的梦想者无意识地碰巧拿着的一本书，读不到两三页，就要从手中掉落下来。他的想象重新整顿了一番，又激昂了起来，突然间，他面前再次闪出了一个新的世界、一种新的迷人生活，成为浮现在他眼前的灿烂前景。新的梦——是新的幸福！是新的一剂精致又销魂的毒药！啊，我们的现实生活对他来说算什么呢！以他被梦想收买了的眼光来看，娜斯坚卡，我跟您的生活过得是这么懒散、缓慢又萎靡；以他的眼光来看，我们全都这么不满我们的命运，都为我们的生活而苦恼呀！也的确，您看看，是真的，我们彼此间的第一印象多么冷漠、阴郁，像在生气……'可怜的人！'——我的梦想者这么想。他会这么想一点也不奇怪！您看看这些魔幻的幻影，在他面前是这么迷人、精巧又无边无际地合成一幅既魔幻又活生生的景象，居中的首要位置，头号人物当然就是我们的梦想者本人，他自己是高贵的大人物。您看看，真是形形色色的奇遇啊，真是一连串无止境的激昂幻梦啊。您或许会问，他梦见了什么？这有什么好问的呢！就是什么都有……梦见扮演一位起初不被认可、后来桂冠加冕的诗人角色[1]；梦见与霍夫曼[2]的友好情谊；还有圣巴托洛缪之夜[3]，黛安娜·维侬[4]，沙皇伊凡四世征服喀山汗国时的一个英雄角色，克拉拉·莫布莉，艾菲米雅·狄恩斯，面对大公会议代表

---

1 这是浪漫主义文学传统中最喜爱的形象之一。——俄文版编注
2 德国浪漫主义作家霍夫曼（E.T.A.Hoffmann, 1776—1822），对十九世纪俄国文坛影响很大。
3 指一五七二年八月二十四日圣巴托洛缪纪念日前夕发生在法国巴黎的天主教徒屠杀胡格诺派教徒的事件。——俄文版编注
4 维侬和下文提到的莫布莉、狄恩斯，以及米娜和布兰达分别是英国作家沃尔特·司各特（Walter Scott, 1771—1832）的小说《罗勃·罗伊》（Rob Roy）、《圣罗南之泉》（Saint Ronan's Well）、《米特鲁信之心》（The Heart of Midlothian），以及《海盗》（The Pirate）中的女主角。——俄文版编注

的胡斯，在《恶魔罗勃》里的亡者复活[1]，（您记得音乐吗？很有墓地的味道！）米娜和布兰达，别列津纳河战役[2]，在V－D伯爵夫人[3]那里读诗，丹东[4]，克利奥帕特拉和她的情人们[5]，科洛姆纳的小屋[6]，一个自己的小角落，而旁边有个可爱的人，会在冬夜张着小嘴、睁大眼睛听您说话，就像现在您听我说话一样，我的小天使呀……不，娜斯坚卡，那个我和您都这么渴望进入的生活，对他来说算什么，对他这个荒淫的懒人来说算什么呢？他认为那是可怜又凄惨的生活，只是没想到那也是为他准备的，或许，有一天他会面临悲伤的时刻，到时候他将付出自己所有的幻想时光去过一天那种凄惨的生活，换来的还不是快乐，不是幸福，因此他就不想选择去过那种悲伤、懊悔又无限悲哀的时刻。但在这个可怕的时刻尚未来临之前——他什么都没想，因为他超越了欲望，因为他拥有一切，因为他感到烦腻，因为他本人就是自己生

---

[1] 指德国作曲家贾科莫·梅耶贝尔（G. Meyerbeer, 1791—1864）的歌剧《恶魔罗勃》（Robert the Devil）中第二幕的场景。——俄文版编注

[2] 一八一二年拿破仑军队在此战役中被击溃，并被赶出俄国。——俄文版编注

[3] 显然是指美女伯爵夫人沃隆佐娃-达什科娃（A.K.Vorontsova-Dashkova, 1818—1856）；莱蒙托夫有一首献给她的诗《致画像》，其中提到："她像蛇一样滑溜，像小鸟一样翩翩舞着又匆匆飞走……不可能了解她，却又不可能不爱她。"——俄文版编注与译注

[4] 乔治·丹东（Georges Danton, 1759—1794）是法国大革命时的政治活动家。——俄文版编注

[5] 这句是诗人普希金未完成的小说《埃及之夜》的情节。——俄文版编注

[6] 普希金著有一篇同名叙事诗，其中女主角的形象部分被陀思妥耶夫斯基转化在娜斯坚卡身上。——俄文版编注

活的艺术家,且时时刻刻在一次又一次的任性中为自己创造生活。这个神话般的幻想世界来得就是这么简单又这么自然!仿佛这一切真的不是幻影!说真的,有时候他愿意相信,整个这种生活不是感觉上的兴奋,不是幻象,不是想象的谎言,而真的是现实、真实又真切的!是为了什么,您说说看,娜斯坚卡,为什么在这样的时刻却感到呼吸不自在?为什么像是着了魔,在莫名的任性下,脉搏加速,泪水从梦想者的眼里涌出,他苍白湿润的脸颊发烫,还有他整个生命洋溢着这种迷人的喜悦?为什么接连无眠的夜晚,在无尽的欢乐与幸福之中有如短短一瞬,当朝霞的粉红光线闪耀在窗上,当黎明的暧昧虚幻的光线(好像我们彼得堡的这种)打亮阴郁的房间,这时候我们的梦想者劳累又疲惫,扑向床铺,由于自身心灵激动无比的狂喜,同时心中怀着如此醉人甜蜜的痛,因而沉沉入睡?是啊,娜斯坚卡,您会有错觉,您从旁观的角度会不由自主地相信,有一种真心诚意的热情烦扰着他的心,还不由自主地相信,在他无形无体的幻梦中会有活生生的、触得到的东西!可真是莫大的错觉啊——就看看这个例子,爱情在他心头滋长,是伴着无限的喜乐,也随着不堪的苦痛……只要您看他一眼就能确认!亲爱的娜斯坚卡,您看着他,相不相信——在他那疯狂的梦想中他那么爱的那个女人,事实上他根本不认识?难道他只在一些迷魅的幻象中看过她,而这股热情只是他在做梦吗?难道他们真的没有双双抛开全世界,将各自的世界、生命与对方的生命相结合，然后携手走过生命中这么多年？难道不是她，在很晚的时刻，到了分离的时候，她倚在他的胸前，边哭边发愁，没感觉到阴沉天空下爆发的风暴，也没感觉到风把她乌黑睫毛上的泪水吹落刮走？难道这一切——连这座花园，凄凄凉凉，废弃荒芜，几条满布青苔的小径，这里僻静、阴郁，是他们两人经常漫步的地方，是他们期待、发愁、相爱的地方，是他们彼此相爱得那么长久，'那么长久又温柔'的地方——难道这是梦！还有这栋奇怪的、祖传的老屋——她跟她那位又老又阴郁的丈夫在里面度过了多少孤寂悲哀的岁月，她丈夫长年不爱说话、脾气暴躁，常吓唬他们这些胆小如孩子，且沮丧又胆怯地对彼此隐藏心中爱意的人——难道这也是梦？他们多么痛苦，多么担惊受怕，他们的爱多么纯洁无瑕，人们真是（这就不用说了，娜斯坚卡）恶劣呀！还有，我的天呀，难道他后来遇见的不是她？——远离故乡的土地，在异国的天空下，正午炎热，在美妙的永恒之城[1]，在舞会的光彩中，在音乐的隆隆声中，在没入一片璀璨灯海的意大利式宫殿（一定得在意大利式宫殿），在这座被香桃木和玫瑰围绕的阳台上，在这里她认出了他，就匆匆拿掉自己的舞会面具，喃喃说着：'我是自由之身。'颤抖着投入他的怀抱，然后，欣喜若狂地大喊一声，彼

---

[1] 指意大利的罗马城。

此紧紧依靠，他们在这一瞬间忘记了悲伤、分离以及一切的苦痛，还有那栋阴郁的屋子、老头、遥远故乡的阴暗花园，以及长凳，她在这张长凳上付出最后一次热吻，在绝望的痛苦中，从他那令人麻痹的拥抱中挣脱而出……当随便一位高大、健康的小伙子——一个令人愉快又爱开玩笑的人，也是您的一位不请自来的朋友——打开您的门，还仿佛什么事都没有过，喊说：'老兄，我刚从巴甫洛夫斯克来！'啊，娜斯坚卡，就承认吧，你会忐忐忑忑，惊慌得脸红起来，像是刚刚偷了邻家花园的苹果塞进口袋的小学生似的。我的天啊！老伯爵死了，难以言喻的幸福时刻到了——这时候却有人从巴甫洛夫斯克过来！"

结束了这些激动人心的呐喊后，我也激动地沉默下来。我记得，我很想设法勉强哈哈大笑，因为我已经感觉到，在我身上冒出了一个有敌意的小鬼，已经开始把我的喉咙掐住，下巴抽搐，我的眼睛也越来越湿了……我预期听我讲话的娜斯坚卡会睁开聪明的眼睛，如孩童般天真地、乐不可支地哈哈大笑起来，而我已经懊悔话题扯远了，白白讲这些我心头积满了的牢骚，还讲什么我可以说话说得像念书那样流畅，因为我早就给自己准备好判决书，现在我忍不住要将它宣读出来，老实说，我并不预期我会被理解，但让我惊讶的是，她沉默不语，稍微停顿一下便轻轻握住我的手，语气带点羞怯的同情问：

"难道您真的就这么过了一辈子？"

"一辈子，娜斯坚卡，"我回答，"是一辈子，而且好像还会这样到最后！"

"不，这不行，"她不安地说，"以后也不可以。这样的话，恐怕我也要在奶奶身边过一辈子。听我说，您知不知道，这样过生活一点都不好？"

"我知道，娜斯坚卡，知道！"我不再压抑自己的情绪，高声呼喊，"现在我比任何时候都要清楚，我白白浪费了自己最美好的岁月！现在我知道这点，并且因为认清这点而感觉更痛，因为是上帝亲自将您——我的善良天使，派来告诉我并证明这点。现在当我坐在您身边，跟您说话，我一想到未来就觉得可怕，因为在未来——又是孤独，又是这种了无生气、没必要的生活。当我在您身边已经真的这么幸福过，那我还要梦想什么呢！啊，祝您幸福！可爱的女孩，因为您没有在一开始就拒绝我，因为我可以说，我活过了，哪怕这辈子只有这两晚！"

"哎呀，不，不！"娜斯坚卡大叫起来，泪珠在她眼里闪烁，"不，以后不会这样下去的，我们不会就这么分开的！说什么两晚！"

"哎呀，娜斯坚卡，娜斯坚卡！您知不知道，您会让我跟自己和解好长一段时间？您知不知道，我现在就不会像有时候那样把自己想得那么糟了？您知不知道，我或许就不会再担忧我这辈子犯了罪孽？因为这样的生活本身就是罪孽。您也别认为，我向您夸大了什么,看在上帝的分儿上,别这么想,娜斯坚卡,因为偶尔在我身上会有这种忧愁的时候,这种忧愁的……因为在这种时候我已经开始觉得,我从来不能过真正的生活;因为我已经觉得,我在真正的现实中各方面都失了分寸和感觉;还有,因为我自己咒骂自己;因为在我的幻想夜晚过后,就会在我身上看到清醒的时刻,这些时刻很可怕!而同一时间,听到没,周遭的人群是多么喧闹、慌忙地在生活的旋涡中打转;听到没,看到没,人们怎么过活——真正地过活;看到没,生活对他们来说不是预排好的,他们的生活不会像梦或梦境一样四散成泡影,他们的生活永远都在创新,永远年轻,没有一刻会跟其他时刻一样。相形之下,胆怯的幻想可真郁闷,而且都一模一样,简直俗气,是影子和思想的奴隶,是第一朵突然遮蔽太阳的云的奴隶,这愁云紧揞着如此珍惜太阳的真正的彼得堡之心——而心怀忧愁那还有什么好幻想的!感觉到没,这无穷尽的幻想,它终究会疲乏,会在持久的紧张中耗竭,因为你还是会从自己过去的理想中成长、存活下来:那些理想渐渐破裂粉碎,要是真没有另外一种生活,那么就必须以这些碎片建造出来。而同一时间,心灵又要求、希望有别的什么东西!所以梦想者在自己老旧的梦想中东翻西找也是枉然,如同在灰烬中翻找,在此灰烬中哪怕找到任何一点小火花,便可将它鼓吹燃起,用这复燃的火焰来烘热冷却的心,重新恢复心中的一切——从前曾经那么美好的、感动心灵的、热血沸腾的、泪涌而出的,以及如此精美得令人迷惘的一切!您知不知道,娜斯坚卡,我到了什么地步?您知不知道,我已经被迫要去过自己感受的周年纪念,庆祝从前曾经如此美好,而实际上却从未发生过的事——因为这都是依照那些愚蠢、无形的梦想来庆祝的——会这样做是因为,现在连这些愚蠢的梦想都没了,因此梦想也无从存在:毕竟梦想也会消散的!您知不知道,我现在喜欢回想,还会去造访从前某个时候我曾经自觉幸福的地方,我喜欢用已经无法挽回的过去的模样来打造现在,还经常像个影子似的游游荡荡,无所需求,漫无目的,郁闷忧伤地在彼得堡的大街小巷里转。全是什么样的回忆啊!回想到,比如说,刚好一年前就是在这里,刚好在这同一时间、同一时刻、沿着同一条人行道,我同样这么孤单地晃荡着,同样郁闷,就像现在一样!回想一下,那时候的梦想也是忧伤的,尽管从前没有更好,但你还是不知怎么就觉得,从前的生活好像轻松平静许多,没有现在缠着我的这种阴沉想法,没有良心的谴责,没有现在这些让人日夜不得安宁的、阴暗沉郁的谴责。于是问问自己:你的梦想在哪里呢?你就摇摇头说:一年年过得真快呀!再问问自己:你这几年到底做了什么?你把自己的美好时光断送到哪里去了?你有没有活过?你看看,你对自己说,你看看,世上变得真是冷冷清清。再过几年,随之将至的是沉郁的孤独,以及挂着拐杖的颤抖晚年,而忧愁和郁闷也随之而来。你的幻想世界将黯然失色，你的梦想会停息、枯萎，像发黄的叶子从树上凋落……啊，娜斯坚卡！这么落得孤单一人，完全孤单，虽然令人忧伤，却没有一点舍不得——没有，根本没有……因为我所丢掉的一切，这一切什么都不是，是愚蠢的、完完全全的一无所有，一切只是一个梦想而已！"

"好了，不要再让我可怜您了！"娜斯坚卡擦着眼里滚出的泪珠，一边说道，"到此为止吧！从现在开始我们要两个人在一起。现在，无论我发生什么事，我们永远都不分开。听我说，我是个平凡的女孩，虽然奶奶请了一位老师来教我，但我学得不多。不过，说真的，我了解您，因为您现在跟我说的一切，就是奶奶把我和她的衣服别在一起的时候我所感受到的。当然，我可不像您说的那么好，我没读什么书，"她害羞地补充，因为我先前感人的言语和崇高的谈吐仍让她感到敬佩，"但是我非常高兴，您对我十分坦白。现在我了解您了，完完全全了解。您知不知道，我想跟您说我自己的故事，毫不隐瞒，那您之后要给我意见。您是非常聪明的人，您要不要答应给我意见呢？"

"哎呀，娜斯坚卡，"我回答，"我从来就不是一个擅长出主意的人，更不用说出什么聪明的主意了，但现在我觉得，假如我们一直这么生活下去，这也可以说是非常聪明的做法了，就让每个人为彼此出一些聪明透顶的主意吧！好了，我可爱的娜斯坚卡，要给您什么意见？直接跟我说吧，我现在多么快乐、幸福、勇敢又聪明,还不至于要伸手到口袋里找话说[1]。"

"不,不!"娜斯坚卡笑着打断我的话,"我要的不是一个聪明的意见,我需要的是亲如兄长般发自内心的意见,这就好像您已经爱我爱了一辈子!"

"行,娜斯坚卡,行!"我欣喜若狂地大喊,"就算我已经爱您爱了二十年,也不会爱得比当下更强烈!"

"您的手给我!"娜斯坚卡说。

"来吧!"我应着并伸手给她。

"那么,开始讲我的故事吧!"


**娜斯坚卡的故事**

"我的故事有一半您已经知道了,就是您知道我有一个老奶奶……"

"假如故事的另一半也像前一半那样一下子就讲完的话……"我笑着想打断她的话。

"别说话,听着。一开始先讲好:不要打断我说话,否则我怕是会不知道该怎么说。好了,乖乖听着吧。

---

[1] 俄国俗谚,比喻交谈应对很机灵。

"我有一个老奶奶。我还非常年幼的时候就住进她家，因为我的爸爸妈妈都死了。想必奶奶从前比较有钱，因为到现在她还会回想当年的好日子。是她教会我法文，之后又给我请了一位老师。在我十五岁的时候（我现在十七岁），学习告一段落。就在这个时候，我做了调皮捣蛋的事。我到底做了什么——我不告诉您，您只要知道，那也不算什么大的过错。一天早上，奶奶把我叫过去，说因为她眼睛瞎了，才没办法盯住我，便拿了别针把我和她的衣服别在一起，当时她还说，假如我没有变得更好的话，当然，那我们就要这样一辈子待在一起。总之，刚开始那段时间根本没办法走开：不管你做事、看书，还是学习——都要在奶奶身边。有一次我本想要耍个花招看看，于是说服了菲克拉坐到我的位子上。菲克拉是我们请的帮佣，她耳朵聋了。她代替我坐着，奶奶这时候在扶手椅上睡着了，我就出去到附近找朋友。好，结果糟糕了。奶奶醒来后我还没回来，她以为我一直乖乖待在原地，问了些什么事情。奶奶问话时，菲克拉看是看见了，可她却听不到说的是什么，她想啊想，想着该怎么办，然后她解开别针，随即跑掉了……"

娜斯坚卡这时候停下来，哈哈大笑起来。我跟着她一起笑。她马上又停住不笑了。

"听我说，您不要笑我奶奶。我是因为觉得好笑才笑……还能怎么办，说真的，奶奶是这样的人，只不过我还是有点爱她。

好了，这时候轮到我遭殃了，我又得立刻坐到那位子，完完全全动弹不得。

"对了，我还忘记告诉您，我们，应该是说奶奶，有一栋自己的房子，就是间小屋子，一共只有三扇窗，几乎全木造，年岁跟奶奶一样老，屋顶有间阁楼，就是这间阁楼搬来了一位新房客……"

"那么，也有过旧房客？"我随口一问。

"那当然，是有过，"娜斯坚卡回答，"那人比您还不会说话。真的，他就只能勉强动动舌头。那是个小老头，干瘪，又哑又瞎，腿还瘸了，因此到头来他没法活在世上，就死掉了。之后，我们还是需要新房客，因为少了房客我们就没办法过日子：这份房租加上奶奶的养老金几乎就是我们全部的收入。新房客碰巧是个年轻人，不是本地人，是外地来的人。由于他没有讨价还价，奶奶就租给了他，然后才问我：'怎么，娜斯坚卡，我们的房客年不年轻？'我不想撒谎，便说：'这个，我跟您说，奶奶，不是那么年轻，却又不是老先生那种。'奶奶再问：'嗯，长得好看吗？'

"我又不想撒谎。'我跟您说，是长得好看的，奶奶！'可奶奶说：'哎呀！罪孽，罪孽啊！我跟你说这些话，乖孙女，是要你别盯着人家看。看看这是什么时代呀！难道这么一个身份低微的房客，竟然也可以长得好看？不像从前那样！'

"奶奶总觉得从前好！她在从前也年轻一些，太阳在从前也温暖一些，鲜奶油在从前也不那么快变酸——都是从前好呀！我这时坐下不说话，却暗自想着：奶奶干吗要提醒我、问我房客好不好看、年不年轻呢？就这样，我只想了一下，马上又开始算编织针数，继续织长袜，后来就完全忘记了。

"有一天清早，房客来找我们，问了关于答应他要糊房间壁纸的事。接着你一言，我一语的，奶奶就爱讲话，随即说：'去吧，娜斯坚卡，去我卧室，拿算盘过来。'我就马上跳起来，整个人不知道为什么脸红了起来，我一下子忘了我是跟奶奶的衣服别在一起坐着的，应该悄悄拿开别针，以免让房客看见，我却没这么做——反而猛地一冲，把奶奶的扶手椅都拉走了。我一看见房客这时对我的处境全明了了，我又脸红了，僵在原地，然后突然哭了起来——这一刻多么羞耻又难受，简直不想活了！奶奶喊：'你站着干吗？'我却哭得更厉害了……一如所见，房客看见我因他而感到羞耻，他马上行礼告辞便离开了！

"从那时候起，走道里只要稍微有一点声音，我就安静得像个死人一样。我就想，是房客走过来了，而我每次都要悄悄解开别针。不过始终都不是他，他没来。两个星期过去了。房客让菲克拉过来说，他有很多法文书，全都是好书，可以读一读，那么，奶奶想不想让我来读给她听，好让她不无聊？奶奶感激地同意了，但总是问，那些书道不道德？因为假如书本不道德，那么你,她说,娜斯坚卡,无论如何都不许读,你会学坏。

"'奶奶,我到底会学到什么?那里面写些什么呀?'

"唉!她说,那里面描写年轻男子如何诱惑端庄的少女,如何借口想要娶她们,把她们从父母家拉走私奔,然后却随便将这些不幸的少女抛弃,她们就凄惨无比地毁了。我啊,奶奶说,这种小说读得可多了,都是那样,她说,全都写得那么美,你夜里就只想坐着偷偷读。所以,她说,娜斯坚卡,你要小心点,别读那些书。她又说,他送来的是什么样的书?

"'都是华特·司各特的小说,奶奶。'

"'华特·司各特的小说!得了吧,这里面没有什么调情的把戏吧?你去看看他有没有在里面放什么传情的小字条?'

"'没有,'我说,'奶奶,没有字条。'

"'你再看看书封皮底下,他们经常会塞在封皮下,土匪!……'

"'没有,奶奶,封皮下也没有东西。'

"'哼,这才像话!'

"我们就这样开始读华特·司各特,不到一个月我们几乎读完了一半的书。之后,他一再地送书来,也送了普希金,因此到最后我没书便什么也干不成,也不再去想我是不是要嫁给中国皇太子了。

"这样下去出了一件事,有一次我偶然在楼梯间遇到我们的房客。奶奶要我去办点什么事。他停下脚步,我脸红了,他也脸红了。可是他笑了起来打招呼,询问奶奶的健康情况,然后说:'怎么样,书您读过了吗?'我答:'读过了。'他说:'那您比较喜欢哪一本?'我就说:'《艾凡赫》[1]和普希金我最喜欢。'这次的对话就在这里结束了。

"过了一个星期,我又在楼梯间碰见他。这次不是奶奶叫我去办事,是我自己为了某个缘故要去。那时候过了下午两点,房客通常在这时候回来。'您好!'他说。我回他:'您好!'

"'怎么,'他说,'您整天跟奶奶待在一起不觉得无聊吗?'

"他问我这个问题的时候,我不知道为什么就脸红了,害羞起来,我又觉得难过,因为看来其他人也都在问这件事。我真想不回答就离开,却做不到。

"'听我说,'他说,'您是个好女孩!抱歉,我对您说这样的话,但我向您保证,我比您奶奶还希望您过得好。您没有一个可以让您出门去找的女朋友吗?'

"我说,完全没有,以前有一个玛莘卡,但是她去普斯科夫[2]了。

"'听我说,'他说,'想跟我去剧院看戏吗?'

"'去剧院看戏?那奶奶要怎么办?'

"'您就,'他说,'偷偷离开奶奶……'

---

[1] 司各特一八二〇年的历史小说《艾凡赫》(Ivanhoe),或中译《撒克逊英雄传》。
[2] 普斯科夫(Pskov),位于俄罗斯西北部的古城。

"'不,'我说,'我不想欺骗奶奶。再见了!'

"'好,再见。'他说,也没再多说了。

"才吃完午餐,他就来找我们。他坐下跟奶奶谈了好久,问清楚她有没有要去什么地方,有没有什么熟识的人,然后突然间说:'今天我本来订了一个包厢看歌剧,现在演的是《塞维利亚的理发师》[1],原先有熟人想要看,但后来又作罢,所以票还在我手里。'

"'《塞维利亚的理发师》!'奶奶大喊,'这就是从前曾上演过的那个《理发师》吗?'

"'对,'他说,'这就是那个《理发师》。'同时他朝我看了一眼。我就全明白了,脸红了起来,我因为期待而心怦怦跳!

"'怎么会,'奶奶说,'怎么会不知道。我自己从前就曾在家庭剧院演过罗西娜!'

"'那今天不想去看吗?'房客说,'不然我的票就白费了。'

"'好,那么,我们去吧,'奶奶说,'为何不去?我的娜斯坚卡还从来没上过剧院呢。'

"我的天呀,真是高兴!我们立刻准备,打扮好就出发了。

---

1 《塞维利亚的理发师》(*Le Barbier de Séville*),法国作家博马舍(P.Beaumarchais,1732—1799)的喜剧,歌剧最著名的版本是意大利作曲家罗西尼(G.Rossini,1792—1868)所作;女主角是罗西娜。陀思妥耶夫斯基在十九世纪四十年代的彼得堡经常去听法国著名歌星波琳娜·维亚尔多(Pauline Viardot, 1821—1910)主演罗西娜的这出剧。——俄文版编注

奶奶虽然眼睛瞎了，但还是想听音乐，对，除此之外，她还是个好心的老婆婆：她更想安慰我，我们自己从来没想去过。《塞维利亚的理发师》到底给了我什么印象，我不用跟您说，只想说这整晚我们的房客这么好好地看着我，这么好好地跟我说话，我立刻明白了，早上他邀我单独跟他出去是想试探我。是啊，真是高兴！我躺下睡觉，真是得意又愉快，心怦怦跳得好像有点发烧的样子，我整夜胡言乱语，一直在说《塞维利亚的理发师》的事。

"我以为这天之后他会越来越常来找我们——却不是这么回事。他几乎不再过来。就这样，一个月来一次，有时候他只不过是来邀请我们上剧院看戏。后来我们又去了两趟。关于这点我很不满。我看出来，他只是同情我，因为我是被豢养在奶奶家，就没别的了。后来一直这样下去，我成了这副模样：我坐也不是，念书也不是，做事也不是，有时候我发笑，并做一些有意为难奶奶的事情，有时就只是哭。最后，我变得消瘦，几乎就要病了。歌剧季过了，房客就完全不来找我们了，我们还是有碰面的时候——依旧在同一座楼梯上，毫无疑问——他默默地鞠躬，那么严肃，仿佛连话都不想说，他走下楼梯到了门口台阶，而我仍站在楼梯中间，脸红得像颗樱桃，因为当我遇见他的时候，我全身血液就开始直冲头顶。

"现在马上就结束了。正好一年前的五月，房客来找我们，并跟奶奶说，他在这里已经办好了自己的事，他得再去莫斯科一年。我一听到就脸色发白,像个死人一样跌坐在椅子上。奶奶什么也没注意到,而他通知了我们他要离去后,随即向我们告辞就走了。

"我该怎么办?我想了又想,心烦不已,最后拿定了主意。他明天走,那我决定今晚等奶奶去睡觉的时候要把一切了却。事情就是这样。我把连衣裙、几件需要的内衣,全都塞进包袱里,然后拿着包袱,提心吊胆地去阁楼找我们的房客。我想我在楼梯间走了有整整一小时。在我打开他的房门时,他见到我就大叫一声。他以为我是幽灵,然后才赶紧过来给我一点水,因为我连站都站不稳了。我心跳得那么厉害,以至于头都痛了,而且思绪混乱。当我回过神来,我就直接把我的包袱放在他床上,自己坐在一旁,两手遮脸,哭得泪流满面。他好像一瞬间全明白了,一副苍白的模样站在我面前,他这么忧愁地看着我,让我的心都碎了。

"'听我说,'他开口,'听我说,娜斯坚卡,我什么也做不了,我是个穷人,我目前什么也没有,连像样的工作也没有,假如我真娶了您,那我们要怎么过生活?'

"我们谈了很久,但我最后发了狂,说我不能跟奶奶生活了,我要逃离她,不想被别针别着,还有,随他怎么想,我就是要跟他去莫斯科,因为我没有他就活不下去。羞耻心、爱情、骄傲——一下子全在我身上表露出来,我差点没痉挛得跌在床上。

我多么害怕被拒绝啊!

"他坐着沉默了几分钟,然后站起来走向我,握住我的手。

"'听我说,我善良的、可爱的娜斯坚卡,'他也含泪开口说,'听我说,我向您发誓,假如有一天我有能力结婚,那一定是您才能让我幸福。我保证,现在只有您一位可以让我幸福。听我说:我去莫斯科,会在那里待一整年。我希望把我的工作处理好。当我回来的时候,假如您对我没有变心,我向您发誓,我们将会幸福。而现在是不可能的,我没办法,连承诺点什么都无权做到。但我要重复一句,假如一年过后这事没发生,那总有一天也必定会实现,当然——这是假设您没有喜欢上别人的情况下,因为我不能也不敢用什么诺言来约束您。'

"他就跟我说了这些,然后第二天就走了。对奶奶应该一起合力避谈这件事。他是这么希望的。好了,现在我的故事几乎全都讲完了。刚好过了一年。他回来了,他已经在这里整整三天了,然后……"

"然后怎么了?"我没耐心听完便大喊。

"到现在他还没出现!"娜斯坚卡仿佛鼓足了力气回答,"毫无音信……"

这时候她停住不说,稍微沉默了一下子,低下头,突然间,她双手掩面痛哭起来,这一阵哭声让我的心都酸了。

我怎么都没想到是这样的结果。

"娜斯坚卡!"我开口,语气羞怯又委婉,"娜斯坚卡!看在上帝的分儿上,别哭了!您怎么知道?或许,他还没到……"

"在这里,在这里!"娜斯坚卡坚持,"他在这里,这我是知道的。早在他离开的前一晚我们就讲好了:当时我们谈完话,就是我刚跟您转述的那一切,并且约定好之后,我们就来到这里散步,正是来这条堤岸道。那时候是十点钟,我们坐在这张长凳上,我已经不再哭泣,听他说话我感到很甜蜜……他说,等他回来的时候他就立刻来找我们,假如我没拒绝他,那么就把一切告诉奶奶。现在他回来了,这我是知道的,而他却不在,不在这里!"

她又拼命大哭起来。

"我的天!难道真的怎样都无法解决吗?"我从长凳上倏地起身绝望无比地喊,"告诉我,娜斯坚卡,连我去找他也不行吗?……"

"难道可以吗?"她突然抬头说。

"不,当然不行!"我忽然醒悟后说,"不然这样吧,您来写封信。"

"不,这不可能,这不行!"她坚决地回答,但已经低下了头不看我。

"怎么不行?为什么不行?"我坚持自己的想法继续说,"但是,娜斯坚卡,您知不知道这是什么样的信啊!每封信各有用处,所以……哎呀,娜斯坚卡,就是这样!相信我,相信我!

我不会给您出坏主意。这都是可以解决的!您已经迈出第一步了——可为什么现在……"

"不行,不行!这样好像是我缠着人家……"

"哎呀,我好心的娜斯坚卡!"我没有掩饰笑意,打断她的话,"才不是,不是,您终归有权这么做,因为他承诺了您。而且这一切在我看来,他人很客气,行事也规矩,"我继续说,因为觉得自己这套理论很合理而越来越激动,"他是怎么做的?他自己被承诺约束了。他说,假如要结婚的话,除了您不会跟任何人结婚。是他赋予了您充分的自由,哪怕您现在拒绝他也行……在这种情况下,您可以踏出第一步,您有权利,您在他面前有优势,哪怕是,比如说您想放手让他不受前面的诺言约束……"

"听我说,那您会怎么写呢?"

"写什么?"

"就是写信哪。"

"我应该会这么写:'阁下……'"

"一定要用这个'阁下'吗?"

"一定要!不过,又为什么呢?我认为……"

"好,好啦!接着说吧!"

"'阁下!抱歉,我……'其实,不必要,不需要任何抱歉!这里事实本身就可以证明一切,只要这么写·

"'我写信给您。原谅我的焦急难耐,但我一整年因为抱着希望而感到幸福,现在却连一天的怀疑都不能忍受,难道我这样错了吗?就在您回来的当下,或许您已经改变了自己的心意。那么这封信要告诉您,我不抱怨,也不怪罪您。我不怪罪您是因为我无权操控您的心,这就是我的命!'

"'您是高尚的人。您不会笑我,也不会怨我这些没耐心的字句,您要想想,写信的人是一个可怜的女孩,她孤单一人,没有人可以教导她或建议她,她也从来不会控制自己的心。但是原谅我,尽管只有一瞬间,我的心里还是冒出了怀疑。您不能,甚至连想都不可以,欺负一个从以前到现在都这么爱您的女孩。'"

"对,对!我想的正是这样!"娜斯坚卡大喊,眼中露出喜悦,"啊!您解开了我的疑惑,是上帝把您派来给我的!感谢,感谢您!"

"感谢什么?为了上帝把我派来吗?"我欣喜若狂地看着她那愉悦的小脸蛋,答道。

"对,就算是为了这个。"

"哎呀,娜斯坚卡!我们本来就要感谢其他人,就算只是为了他们跟我们生活在一起。我感谢您是因为我和您相遇,因为我这辈子都会记得您!"

"好,够了,够了!现在,听我说:那时候的约定是,他一回来就要立刻通知我,捎个信放在我熟识的人家里,那些都是好心的、对我们的事完全不知情的普通人家。假如没办法写信给我，再说，信里也常常说不清，那么他就会在回来的当天晚上十点整到这里来，这是我们定下的会面地点。我已经知道他回来的消息，但眼下已经第三天了，既没有信也没见到他。要我一大早离开奶奶无论如何都不行。我的信要请您明天交给那些我跟您说过的好心人士，他们就会转寄出去。假如有回信，那么请您明晚十点带过来。"

"但是信呢，信呢！因为最重要的是要写信！这样也许后天一切就会实现。"

"信……"娜斯坚卡回答，有点难为情，"信……可是……"

但是她话没讲完。她先是把脸别过去背对我，脸红得像玫瑰，突然间我感觉到我手中出现一封信，看来是老早就写好的，完全是准备好的，还盖了封印。我脑海中闪过一段熟悉、亲切又优美的回忆[1]！

"Ro——罗，si——西，na——娜。"我开口念着。

"罗西娜！"我们俩同声唱出，我兴奋得差点要拥抱她，她则红了脸，也像刚刚那样羞红，同时含泪笑着、那泪有如小珍珠般在她的黑色睫毛上颤动。

"好，够了，够了！现在要说再会了！"她急急忙忙说着，

---

[1]《塞维利亚的理发师》歌剧里，费加洛建议罗西娜写信给她的情人，她也是早就准备好一封写好的信，因此下两句两人同声唱出"罗西娜！"——俄文版编注与译注

"这信给您,这是要送去的地址,再会了!再见!明天见!"

她紧紧握住我的双手,点一点头,像一支箭般闪进了巷子里。我在原地站了好久,目送她离去。

她在我的眼前消失后,我脑海中仍响着这个声音——"明天见!明天见!"


## 第三夜

今天是个悲伤的日子,下着雨,一道光线也没有,仿佛是我以后老年时的情景。我被多么奇怪的想法、多么沉闷的感受给压迫着,脑海中还积着一团团尚未明朗的问题——也不知道怎么回事,既无力也不想解决。这一切不是我该去解决的!

今天我们不会再见面了。昨天我们道别的时候,云开始遮蔽天空,雾气升腾。那时我说,明天会是个坏天气。她没答话,她不想违背自己的心意,对她来说,这天清明开朗,而且没有一小片乌云会遮盖她的幸福。

"如果下雨的话,我们就不见面!"她说,"我也不来了。"

我觉得,她不会管今天的雨,而此时她却没来。

昨天是我们的第三次会面,我们的第三个白夜……

然而,快乐和幸福让人变得多么美好啊!心因为爱情而多么激昂！似乎，你想要尽情吐露自己的心意到其他人的心中，你想要一切愉快，大家欢笑。这种快乐多么富有感染力！昨天在她的话里，有那么多的愉快，那么多善意打动我的心……她是那么关心我，对我表现得那么柔情蜜意，使我的心那么鼓舞又舒畅！啊，有多少是因为幸福而卖弄风情哪！而我……我却信以为真，我以为她……

但是，我的天哪，我又怎能这么以为？要是全都已经被另一人得到，全都不属于我了，要是到头来，甚至正是她这温柔，她的关怀，她的爱情……对，她对我的爱——也就只是即将要跟另一人约会的那种快乐，只是想把自己的幸福强加在我身上，我又怎能这么看不清？……要是他没来，要是我们白等了，她就会皱眉头，她就会感到害羞又胆怯。她所有的举止、言谈，就变得不那么轻松、快活、欢乐。不过，奇怪的是——她会加倍关注我，同时仿佛下意识地想向我吐露那些她自己盼望却又怕实现不了的事。我的娜斯坚卡这么羞怯又惊慌，似乎她终于明白我爱她，因而怜悯我这份可怜的爱。就是这样，当我们不幸时，我们就会更强烈地感受到他人的不幸，感觉不会分散，而是集中……

我满怀期望来找她，好不容易才等到会面。我没预感到，我的感受马上会应验，也没预感到，这一切将不会如我所想的这么结束。快乐让她容光焕发，她等待着回复。他本人就是那个回复。他应该要来，应她的呼唤跑来。她比我早到整整一小时。起先她对一切哈哈大笑，对我说的一字一句都在笑。我原本顾着说话，之后便停住不说。

"您知不知道，为什么我这么快乐？"她说，"又这么快乐地看着您？今天还这么喜欢您？"

"是吗？"我问，我的心颤抖了起来。

"我喜欢您是因为您没爱上我。因为要是换成别人站在您的立场，会开始骚扰、纠缠，会想唉声叹气、一病不起的，您却是这么可爱！"

这时候她紧紧握住我的手，让我差点没放声大叫。她笑了开来。

"天啊！您真是够朋友！"过了一分钟，她非常严肃地说，"是您，上帝派您来给我！好了，要是您现在没跟我在一起，我真不知道会怎样！您多么无私啊！您多么正当地爱着我！我以后要嫁人的时候，我们还会非常友好，超越亲情。我会爱您几乎就像爱他一样……"

这一瞬间，不知怎么我开始感到悲哀极了。不过，有某种像是嘲笑的东西在我心底蠢蠢欲动起来。

"您情绪太激动了，"我说，"您是胆小害怕，您认为他不会来了。"

"随您怎么想！"她回答，"要是我没那么幸福的话，我恐怕会因为您的不信任和责备而哭起来。不过，您让我生出了一个想法，可以好好想一想，但是我稍后再想，现在我得向您坦白，您说得对。是的！我有点心不在焉，我好像把全部心思都放在等待上，还感觉一切都有点太轻松愉快了。够了，别再提感觉了！……"

这时候传来一阵脚步声，黑暗中出现一位路人朝我们这边走来。我们俩都在打战，她几乎要大叫出来。我放下她的手，假装像是要离开。但是我们都搞错了：这个人不是他。

"您怕什么？为什么您放掉我的手？"她又把手给我，说道，"那又怎么样？我们要一起见他。我想要让他看见我们彼此多么相爱。"

"我们彼此多么相爱！"我大叫。

"啊，娜斯坚卡，娜斯坚卡！"我心想，"你这话里有多少含意呀！因为这样的爱，娜斯坚卡，有时候可是会让人心冷、心情沉重的。你的手是冷的，我的却热如火。你真是看不清啊，娜斯坚卡！……唉！幸福的人有时候真是让人受不了！但我没办法对你生气！……"

结果我心里还是感到愤愤不平。

"听我说，娜斯坚卡！"我大叫，"您知不知道我这一天怎么过的？"

"什么，有什么事吗？赶快说！您干吗到现在一直不说话！"

"首先，娜斯坚卡，当我完成所有您交办的事，送了信，到了您的善心人士那里，然后……然后我回家，躺下睡觉。"

"就只是这样？"她笑着打断我的话。

"对，几乎就只是这样，"我答得不情不愿，因为我的眼中已经积满了愚蠢的泪水，"我在约定会面的一小时之前睡醒，但好像没睡一样。我不知道我怎么了。我来是要跟您诉说这一切，仿佛时间对我来说静止了，仿佛从这时候开始应该有一个感受或一种感觉要永远留在我心里，仿佛这一瞬间应该要持续到永永远远，好像这一辈子对我来说都静止了……当我醒来时，我觉得有一种音乐的曲调，是早已熟悉的、从前在哪儿曾听过的、被遗忘的、甜美的旋律，现在浮现在我心头。我觉得，这旋律一辈子都在我的心底呼唤着，只是现在才……"

"唉，我的天，我的天呀！"娜斯坚卡打断我的话，"怎么全都是这样？我一句也不明白。"

"哎呀，娜斯坚卡！我想尽办法要把这个奇怪的想法传达给您……"我语带哀怨，话中还暗藏希望，尽管相当渺茫。

"够了，别说了，够了！"她又抢话说，才一转眼她就猜到了，狡猾的女人！

突然间，她变得有点不寻常地多话、开心又调皮。她抓着我的手，一直笑着，想让我也笑，我每一句令人困窘的话，她都用这么响亮又这么长的笑声回应着……我开始生气了，她就突然卖俏起来。

"听我说,"她开口,"因为我有点懊恼您没爱上我。以后要好好认清这个人哪!但是,不屈不挠的先生,您还是不能不赞美我的单纯。我全都跟您说,全都跟您说,无论我脑海中闪过多么愚蠢的想法。"

"听,现在好像是十一点了吧?"我说,远远市区的一座塔楼响起匀整的钟声。她突然停下来,不再笑了,开始数起敲钟声。

"对,十一点了。"末了她说,语气胆怯又犹疑。

我立刻后悔我吓着了她,让她数钟声,我咒骂自己的一时激愤。我为她感到忧伤,我不知道该如何补偿我的过错。我开始安慰她,试着找他没有出现的原因,举出各式各样的理由和论证。没有人比她在这个时刻更好哄骗了,况且,任何人在这个时刻,无论什么样的安慰似乎都乐意去聆听,就算只听到一点可能的解释,都会高兴得不得了。

"真是好笑,"我开口,越来越急躁且欣赏自己论证上的超凡清晰,"他本来就没办法来,您把我给弄迷糊了,我弄不清了,娜斯坚卡,因此让我忘了计算时间……您只要想一想:他才刚收到信,假设他不能来,假设他要回信,那么信最快要明天才会到。我明天天一亮就去拿信,然后立刻通知您。您还可以假想出上千种可能性:像是信到的时候他不在家,还有,他可能到现在还没读过信？因为一切都有可能发生。"

"对，对！"娜斯坚卡回答，"我也没想到，当然，一切都有可能发生。"她继续说着，用一种很好说话的语气，但其中，好像有一个令人懊恼的不谐和的音，听起来有某种其他的不太相干的想法。"您就这么做吧，"她接着说，"您明天尽可能早点去，如果得到什么消息，立刻通知我。您不是知道我住哪儿吗？"她又跟我说了一次她的地址。

之后，她对我突然变得又温柔又羞怯……她好像仔细听着我告诉她的事情，但是当我向她提出某个问题时，她又沉默不语，不好意思，还别过头去。我朝她眼睛一看——果真如此：她在哭泣。

"好了，能不能，能不能？哎呀，您真是个小孩子！真是孩子气！……够了吧！"

她试着笑一笑，试着平静下来，但她的下巴直发抖，胸部不停颤动。

"我想到您，"沉默了一会儿她说，"您这么善良，假如我没感受到这点，那我就太无情了。您知不知道，我现在脑袋里在想什么？我比较过你们两位。为何是他——不是您？为何他不像您这样？他比您差劲，虽然我爱他更胜于您。"

我什么也没回应。她似乎在等待我说点什么。

"当然，我可能还不完全了解他，不完全认识他。您知不知道，我仿佛总是怕他，他总是那么严肃，又好像很骄傲。当然，我知道，他只有看起来是这样，他内心比我还要温柔……我记得他那时候是怎么看着我的，您记得吧，就是当我拎着小包袱去找他的时候。但我对他还是有点太过尊敬，而这不就好像说我们不相配吗？"

"不，娜斯坚卡，不，"我回答，"这表示您爱他胜过世上一切，而且远远胜过爱自己。"

"好，就当作是这样吧，"天真的娜斯坚卡回答，"可是您知不知道我现在脑袋里在想什么？我现在就是不谈他，而要谈谈其他的一切，所有这些想法老早就在我脑海中了。听我说，为什么我们彼此总是不能像兄弟一样？为什么最好的人却常常好像对别人有所隐瞒而沉默？为什么明知道自己不是随口说说却又不立刻把心里话明讲出来？而每个人看起来似乎都装作比实际上更严厉的样子，似乎害怕要是太快表露情感会因此受伤……"

"哎呀，娜斯坚卡！您说得对，要知道这是很多因素造成的。"我打断了她的话，这一刻我比任何时候都更压抑自己的情感。

"不，不！"她深情地回应。"就拿您来说吧，您不像其他人那样！的确，我不知道该如何向您表达我所感觉到的，但我觉得，比如说您吧……至少现在……我觉得，您是在为我牺牲，"她匆匆瞥我一眼，羞怯地补一句，"我这么跟您说话，您要原谅我，我不过是个单纯的女孩，见的世面也还很少，而且说真的，我有时候不会说话，"她补充说，声音由于某种含蓄的情感而颤抖，同时她又努力要带着笑，"但我只想跟您说，我很感谢，这一切我也感觉得出来……啊，愿上帝为此赐予您幸福！那时候您对我说了许多您那位梦想者的事，那完全不正确，确切地说，我的意思是，那跟您毫无关系。您现在正常多了，说真的，您完全是另外一种人，并不是您自己所说的那种。如果您有一天恋爱了，那么祝您跟她在一起会幸福！而对她，我没什么可以祝福的，因为她跟您在一起会幸福的。我自己是女人我很清楚，如果我这么跟您说，您就应该要相信我……"

她不再说话，紧紧握住我的手。我也激动得什么话也说不出口。这样过了几分钟。

"嗯，看来他今天不会来了！"她抬起头，终于说，"很晚了！……"

"他明天会来。"我说，语气极为令人信服且坚定。

"对，"她心情好了起来也跟着说，"我现在自己也觉得，他明天才会来。好了，那再见了！明天见！如果下雨，我大概就不过来。但后天我会来，无论发生什么事我都一定会来，您一定要在这里，我想见您，我要把一切都跟您说。"

之后，当我们道别的时候，她伸手给我，目光清澈地望我一眼说：

"我们现在不就永远在一起了,不是吗?"

啊,娜斯坚卡,娜斯坚卡!你知不知道,我现在有多么孤独哪!

当时钟敲过九点,我就没办法待在房间里,我穿好衣服出门,尽管是个阴雨天。我到了那里,坐在我们的长凳上。我本来要去她们住的那条巷子,但我觉得不好意思,于是,还差两步就到她们的房子了,我却连她们的窗户都没看一眼便往回走。我回到家忧郁得很,以前从来不会这样。真是又湿又闷的时刻!如果天气好的话,我就会在那里散步一整夜……

但是明天见,明天见吧!明天她会把一切都跟我说。

然而,今天没看到信。但是,话说回来,本来就应该是这样。他们已经在一起了……

## 第四夜

老天呀,这一切怎么会这样结束!这一切怎么会用这种方式结束!

我九点钟到。她已经在那里了。我老远就注意到她,她就像第一次碰面时那样站着,手肘支在堤岸栏杆上,也没听见我走到她身边。

"娜斯坚卡！"我叫了她一声，勉强按捺住自己的紧张。

她迅速转身向我。

"好了！"她说，"好了！赶快！"

我困惑不解地看着她。

"哦，信在哪里？您把信带来了吗？"她手抓着栏杆重复了一次。

"没有，我没有信，"我终于说，"难道他还没来？"

她脸色惨白，动也不动地看着我好长一段时间。我打破了她最后的希望。

"哼，不管他了！"她终于说话，吞吞吐吐地，"不管他了——既然他这么抛下我。"

她放低目光，之后想要看我一眼，却又做不到。她花了好几分钟来克制自己的不安，但突然间她转过身去，手肘支着堤岸栏杆，泪流满面。

"别这样，别再哭了！"我本该要说的，但是我望着她却无力继续说下去，况且我还要说什么呢？

"不要安慰我，"她哭着说，"不要提他，不要说他会来，或者说他没有如他所做的这么残酷没人性地抛弃了我。为什么，为了什么？难道我的信，这封不祥的信中有什么问题吗？……"

一阵痛哭让她无法说下去，我看着她，心都碎了。

"啊，这真是残酷没人性哪！"她又开口，"连一行字也没有，一行字也没有！哪怕他回信说他不要我，说他拒绝我都好，却是整整三天一行字都没有！他多么轻易地伤害、欺负了一个可怜又无助的女孩，这女孩错就错在爱上了他！啊，在这三天我有多么难受！我的天！我的天呀！想起我第一次独自去找他，在他面前作践自己，我哭着向他乞求哪怕是一点点爱也好……所以后来才会这样！……听我说，"她转向我说，一双黑眼珠闪闪动人，"才不是这样！不可能会这样，这不合理！若不是您，就是我搞错了。也许，他没收到信？也许，他到现在还一无所知？怎么可能，您自己评评理，告诉我，看在上帝的分儿上，跟我解释清楚——我不能理解这件事——怎么能够像他这样野蛮粗鲁地对我做出这种事！一句话也没有！对待世上最坏的人往往还比较有同情心一点。也许，他听到了什么事情，也许，有谁跟他说了很多我的事？"她喊了起来，转头问我，"怎么，您怎么想？"

"听我说，娜斯坚卡，我明天用您的名义去找他。"

"嗯！"

"我全都向他问清楚，全都告诉他。"

"嗯，嗯！"

"您来写一封信，不要说不，娜斯坚卡，不要说不！我会逼他尊重您的行为，他会了解一切的，假如……"

"不，我的朋友，不，"她打断我的话，"够了！我不会再写了，一句一字我都不会再写了——够了！我不了解他，我不再爱他，我会忘……掉……他……"

她说不下去了。

"冷静点，冷静点！在这儿坐下，娜斯坚卡。"我说，并让她坐在长凳上。

"我很平静。别说了！不就是这样！这眼泪会干的！您以为我要自寻短见，要投水自尽吗？……"

我满心烦恼，本想要开口说话，但没办法。

"听我说！"她抓起我的手继续说，"告诉我，您该不会这么做吧？对一个主动来找您的女孩，您该不会不知羞耻地嘲笑她那脆弱愚蠢的心吧？您该会珍惜她吧？您该要设想一下，她是孤单一人，她没本领照顾自己，她没本领阻止自己爱上您，她没有错，她始终都没有错……她什么都没有做！……啊，我的天，我的天呀！……"

"娜斯坚卡！"我终于大喊，没办法克服自己的不安，"娜斯坚卡！您在折磨我！您刺痛我的心，您要杀死我，娜斯坚卡！我不能沉默了！我终究得说话，说出我闷在心里的话……"

我一边说，一边从长凳上坐起身。她抓起我的手，惊讶地看着我。

"您怎么了？"她终于说出口。

"听我说！"我坚决地说，"听我说，娜斯坚卡！我现在要说的都是胡言乱语，都不可能实现，都很蠢！我知道，这永远不可能发生，但我就是没办法沉默。为了您现在所受的苦，我趁早恳求您，原谅我吧！……"

"哎哟，怎么，怎么了？"她停止哭泣说道，眼睛盯着我看，惊讶的眼珠子里闪烁着古怪的好奇，"您怎么了？"

"这不可能实现的，但我还是爱您，娜斯坚卡！就是这样！好，现在全都说了！"我挥一挥手说，"现在您会明白，您能不能像刚刚那样跟我说话，还有，您能不能继续听我接下来要跟您说的话……"

"哎哟，又怎么，又怎么了？"娜斯坚卡插话，"这又怎么样呢？对，我早知道您爱我，但我只是觉得，您对我是那种，单纯地、随性地喜欢……啊，我的天，我的天呀！"

"刚开始是单纯，娜斯坚卡，但现在，现在……我正像是您那时候拎着小包袱去找他的那种情况。我比您的情况更糟，娜斯坚卡，因为他那时候没有爱的人，而您现在却有所爱。"

"您这是在跟我说什么啊！我毕竟对您完全不了解。但是听我说，何必要这样，应该是说不是何必，而是到底为什么您要这样，这么突然……老天呀！我在说蠢话！但是您……"

随后娜斯坚卡十分难为情。她的双颊泛红，目光低垂。

"还能怎么办，娜斯坚卡，我还能怎么办？我的错，我借机起了歹念……但才不，不是，不是我的错，娜斯坚卡。这一点是我听到，也感觉到的，因为我的心告诉我，我是对的，因为我没什么可欺负您,也没什么可伤害您!我曾经是您的朋友,看,现在我还是您的朋友,我什么都没有背弃。看我现在眼泪都流出来了,娜斯坚卡。让它流吧,流吧——眼泪碍不着谁。泪会干的,娜斯坚卡……"

"那就坐下来吧,坐下,"她说,让我坐在长凳上,"哎呀,我的天!"

"不!娜斯坚卡,我不坐。这里我已经不能再多待了,您已经不能再多看我一眼了,我说完了就走。我只想说,您本该永远都不知道我爱着您才对。我本该把自己的秘密埋藏起来。现在我就不会用我的自私折磨您。不!但我现在忍受不住了,是您自己先提到这个的,是您的错,全都是您的错,不是我的错。您不能把我赶走……"

"才不会,不会,我不会赶您走,不会!"娜斯坚卡说,尽可能地掩藏自己的困窘,她这小可怜儿。

"您不赶我吗?不!本来就是我自己想逃离您的。我这就走,只是我要先把话说完,因为,您刚刚在这里说话的时候,我坐立难安,那时您在这里哭,您心痛难受——由于,嗯,就是由于(我偏偏要说出这点,娜斯坚卡),由于您被人拒绝了,由于您的爱被人放弃了——我感觉到,我察觉到,在我心里有那么多对您的爱,娜斯坚卡,有那么多的爱!……于是我感到多么痛苦,我无法用我这份爱帮助您……我的心碎了,因此我，我——不能再沉默了，我一定要说，娜斯坚卡，我一定要说！……"

"对，对！跟我说，就这样跟我说话！"娜斯坚卡讲话的同时做了一个难以形容的动作，"我跟您这么说，您或许觉得奇怪，但是……说吧！我稍后也跟您说！我全都跟您说！"

"您是可怜我，娜斯坚卡，您只是可怜我，我的好朋友啊！已经过去的，就让它过去吧！已经说过的，就收不回来了！不是这样吗？好了，所以您现在全都知道了。唉，这就是个开端。唉，很好！现在这一切都很美好。只不过您要听我说。您刚刚坐着哭泣的时候，我心里在想，（唉，让我把心里想的说出来吧！）我在想，那个（嗯，这当然不可能啦，娜斯坚卡），我想，您……我想，您在那里要设法……就是，像任意一个全然的外人那样，不再爱他。那么——这点我在昨天和前天都已经想过了，娜斯坚卡——到时候我该要做到，而且一定要做到让您爱上我：因为您说过，因为您自己说过好几次，娜斯坚卡，您说您已经几乎完全爱上我了。好，接下来还有什么？唉，我全部想说的差不多就是这样，其余的只想说，要是您爱上我的话，到时候会怎样，只有这点，没别的了！听我说吧，我的朋友——因为您始终是我的朋友——我当然是一个普通、贫穷、不那么重要的人，只是问题不在这里（我有点不知所云，这是因为心慌意乱，娜斯坚卡），而是我会这么爱您，这么爱到，就算您还爱他，就算您要继续去爱那位我不认识的人，那您也不会觉得我的爱对您是个什么沉重的负担。您时时刻刻只会感受到、感觉到，在您身边有一颗感恩再感恩的心、一颗火热的心在为您跳动……哎呀，娜斯坚卡，娜斯坚卡！您对我做了什么！……"

"就别哭了，我不想让您哭，"娜斯坚卡快速地从长凳站起来说，"走吧，站起来吧，跟我走吧，就别哭了，别哭了，"她一边说，一边用自己的手帕擦我的眼泪，"好，我们现在走吧。我可能要跟您讲一些事情……对，即使他现在抛弃我，即使他忘了我，可我还是爱他（我不想骗您）……但是听我说，您要回答我。假设，我爱上您，这是说，只是假设……哎呀，我的朋友，我的朋友啊！我想到，想到，那时候我称赞您没爱上我不就是在嘲笑您的爱吗，那么我真是伤了您！……啊，老天呀！我是怎么没预料到这点，我怎么没预料到，我怎么这么蠢，但是……好，好，我决定了，我要全讲出来……"

"听我说，娜斯坚卡，知道吗？我要离开您，就是这样！我只不过在折磨您。看您现在因为嘲笑的事而良心不安，并不是我想要的，对，我不想让您除了自己的悲伤之外还……当然，是我的错，娜斯坚卡，但是再见了！"

"站住，听我说完，您可以等一下吗？"

"等什么，怎么了？"

"我爱他，但这将会过去，这应该会过去，这不可能不过去，就要过去了，我感觉得到……说不定，今天可能就会结束，因为我恨他，因为他嘲笑我，那时候您在这里跟我一起哭泣，因为您不会像他一样拒绝我，因为您爱我，而他不爱我了，因为我自己，到最后，是爱您的……对，爱！我爱，就像您爱我一样爱，因为我自己老早就跟您说过这点，您自己也听到了——我之所以爱，是因为您比他好，因为您比他高尚，因为，因为他……"

这可怜人的不安强烈到她没把话说完，就把自己的头靠在我的肩上，随后倚在我胸前痛哭起来。我安慰她，劝她，但是她停不下来。她一直握住我的手，在啜泣声之间说："等一等，等一等，我马上就停下来！我想跟您说……您不要以为这些眼泪是——这只是因为软弱，一会儿就过去了……"最后她停了下来，擦干眼泪，我们又走起路来。我本来想说话，但有好长一段时间她还是一直请我再等一会儿。我们沉默下来……最后她打起精神，开始说话……

"就是，"她开口，声音虚弱又颤抖，但其中突然"当"地响起某个东西，直直刺入我的心而且在心底发出一声甜美的哀怨，"不要以为我这么容易变心，这么轻浮，不要以为我可以这么轻松快速地遗忘和变心……我爱他爱了一整年，我在上帝面前发誓，我从来从来没有，甚至连想都没想过要对他不忠。他不在乎这点，还嘲笑我——随他去吧！但他侮辱了我，伤害了我的心。我——我不爱他，因为我爱的人只能是，宽厚的、了解我并且高尚的人，因为我自己就是这种人，而他配不上我——哼，随他去吧！他最好是这么做，总比之后我在期待中受骗才发现他是这种人的时候要好……嘿，当然啦！但又怎么知道呢，我好心的朋友，"她握一握我的手继续说，"怎么知道呢，也许，我全部的爱只是情感和想象的错觉，也许，这爱出自人家的恶作剧和荒唐的念头？因为我那时候在奶奶的监视下。也许，我应该要爱其他人，而不是他，不是他这种人，要爱其他愿意爱惜我的人，并且……好了，别管了，别管这个了，"娜斯坚卡中断说话，紧张得喘不上气，"我只想告诉您……我想告诉您，假如，虽然我爱他（不，应该是爱过他），假如，虽然如此，您还是会说……假如您觉得您的爱这么伟大，大到最终可能取代我心中的旧爱……假如您想怜悯我，假如您不想把我一个人丢到那无以慰藉又没希望的命运中，假如您想一直爱我，如同您现在爱我这样，那么我发誓，我这份感激……我这份爱终将不会愧对您的爱……您现在是否要牵起我的手呢？"

"娜斯坚卡，"我哽咽得喘不过气来大喊，"娜斯坚卡！……啊，娜斯坚卡！……"

"好，够了，够了！好，现在非常够了！"她说，勉强克制着自己，"好，现在全都已经说了，不是吗？就这样吧？唉，您也幸福，我也幸福，再也不需要多说什么，等一下，饶了我吧……看在上帝的分儿上，您讲点其他的事吧！……"

"对,娜斯坚卡,对!关于这些够了,现在我很幸福,我……好了,娜斯坚卡,好了,我们来说说其他的事吧,赶快,赶快说吧,对!我准备好了……"

而我们不知道要说什么,我们又笑又哭,我们说了千百句既无关联也无意义的话,我们一会儿沿着人行道漫步,一会儿又突然折返,并穿越街道而过,然后停了下来,再过马路回堤岸道,我们像小孩子一样……

"我现在一个人住,娜斯坚卡,"我说,"那明天……唉,当然,娜斯坚卡,您知不知道,我很穷,我全部财产只有一千二[1],但这没关系……"

"这当然没关系,奶奶还有养老金,这样她不会给我们添麻烦。应该要带着奶奶。"

"当然,应该要带着奶奶……只是这个玛特廖娜……"

"哎呀,再说我们也有一个菲克拉!"

"玛特廖娜很善良,只有一个缺点:她没有想象力。娜斯坚卡,她完全没有任何想象力,但这没关系!……"

"无所谓,她们两个可以住在一起,只是您明天要搬来我们这里。"

"怎么是这样?到你们那里!好,我愿意……"

---

[1] 这里指卢布。

"对，您要来我们这里租房子。我们那边上面有阁楼，现在空着。之前有个女房客，一位老太太，贵族人士，她搬走了，因此奶奶，我知道她想找年轻男人来住。我说：'为何要找年轻男人？'她就说：'是这样，我已经老了，只是你不要以为，娜斯坚卡，我是想做媒把你嫁给房客。'我也猜到，就是这么回事……"

"哎呀，娜斯坚卡！……"

于是我们俩就笑了。

"好了，真是够了，够了。那您是住在哪里？我都忘记了。"

"在××桥旁边的巴兰尼科夫的房子里。"

"是那栋很大的房子吗？"

"对，是那栋很大的房子。"

"哎呀，我知道，是栋好房子。只是您，您知不知道，别住那儿了吧，尽快搬来我们这里……"

"明天就来，娜斯坚卡，明天就来，我还欠那边一点房租，这也没什么……我就快领薪水了……"

"您知不知道，或许，我将来可以帮人家上课，等我自己学习结束后，就去帮人家上课……"

"那这太棒了……而我很快要领到奖金了，娜斯坚卡……"

"这么看来，您明天就要当我的房客……"

"对，我们就去听《塞维利亚的理发师》，因为现在它又快要上演了。"

"对，我们去，"娜斯坚卡笑着说，"不，我们最好不要去听《理发师》，还是听点什么别的……"

"那好吧，听点什么别的。当然，这样更好，我倒是没想到……"

我们俩一边谈这些，一边在陶醉迷茫中徘徊，仿佛我们不知道自己发生了什么事。有时候我们停住脚步，在一个地方聊天聊好久，有时候又跑来跑去到了天晓得的什么地方，接着又是笑又是哭……有时候娜斯坚卡突然想回家，我不敢留住她，就想送她回家，我们上路了，突然间，经过一刻钟我们又发现自己出现在堤岸道，回到我们那张长凳旁。有时候她深叹一口气，泪珠又一次盈眶，我惊慌起来，身子发冷……但是她马上握着我的手，拉着我再去走一走，聊聊天，说说话……

"现在是时候了，是时候我该回家了。我想非常晚了，"娜斯坚卡终于说，"我们别再这么孩子气了！"

"对，娜斯坚卡，只是我现在还睡不着觉，我不回家。"

"我好像也睡不着，您就送我回去吧……"

"一定！"

"但这次我们可一定要走到公寓。"

"一定，一定……"

"保证吗？……因为毕竟总是得回家呀！"

"保证。"我笑着回答。

"好,走吧!"

"走吧。

"看看天空,娜斯坚卡,看一看!明天将会是非常好的天气。好一个蓝天,好一个月亮!看呀,就是这朵黄色的云现在要遮住月亮了,您看,您看!……不,它从旁边过去了。看呀,看!……"

但是娜斯坚卡没有看云,她动也不动地默默站着,一分钟后她变得有点害羞,紧紧地依偎着我。她的手在我的手中发起抖来,我看着她……她靠我靠得更用力了。

就在这个时候,有一位年轻男子经过我们。他突然停下脚步,仔细地瞧着我们,然后再走开几步。我的心开始颤抖……

"娜斯坚卡,"我轻声说,"娜斯坚卡,那个人是谁?"

"是他!"她喃喃应着,同时更贴近又更胆怯地依偎着我……我差点站不住了。

"娜斯坚卡!娜斯坚卡!这是你啊!"我们身后好像传来话语声,而且就在这一刻,年轻男子向我们走来好几步。

天啊,真是难以形容的一声叫喊!她颤抖得多么厉害!看她怎么挣脱了我的手朝他迎面飞舞过去!……我像个被打死的人般站着看他们。但她才刚刚伸手给他,才刚刚扑向他的怀抱,突然又转向我,好似一阵风,又如闪电,出现在我身旁,接着,在我尚未清醒之前,她双手搂住我的脖子,强烈火热地亲吻我。然后,她一句话也没对我说,就又扑向他,抓起他的手,拉他跟着自己走了。

我站了好久,目送他们离去……最后他们两人消失在我的眼前。


## 早晨

我的这些夜在早晨结束了。白天令人不舒服。下着雨,郁郁地敲打我的窗,小房间很暗,院子里阴沉沉的。我的头又痛又晕,身体不知不觉地发起烧来。

"有你的信,老兄,市邮局的邮差送来的。"玛特廖娜进来对我说。

"信!谁寄的?"我从椅子上跳起来大喊。

"我不晓得,老兄,你看看吧,或许上面写了是谁寄的。"

我把封印拆掉。这是她寄的!娜斯坚卡对我这么写道:

啊,原谅我,原谅我!我跪着恳求您,原谅我!我欺骗了您,也骗了自己。这是一场梦,是幻影……我今天为了您难受极了。原谅我,原谅我!……

别怪我,因为我完全没有背叛您。我说过我将会爱您,就连现在也爱您,比爱还更爱。啊,老天呀!要是我可以同时爱你们两个就好了!啊,要是您是他就好了!

"啊,要是您是他就好了!"——我脑海中浮现这句话。我记得的就是你的这些话,娜斯坚卡!

对天发誓,我现在愿为您做任何事!我知道您感到沉重忧伤。我伤害了您,但您知道——人要是爱上了,怨恨大概就记不久。而您是爱我的!

感谢!对!感谢您的这份爱。因为它已经在我记忆中留下了深深的烙印,有如一觉醒来仍会久久记得的、甜蜜的梦。因为我永远会记得那一瞬间,您如兄长般对我敞开心胸,又那么宽厚地接纳我这颗绝望的心,如获赠礼般珍惜它、爱护它、治愈它……如果您原谅我,那么我对您的记忆将会是崇高的,我心底将会对您永怀感恩,且永不磨灭……我会保存这份记忆,永远忠于它,不会背弃它,我不会变心:因为它太过坚贞。昨天这颗心这么快速地回到它曾经永远属意的那个人身边。

我们会再见面的,您要来找我们,您不会抛下我们,您是我永远的朋友、兄长……您再见到我的时候,会向我伸出手……是吧?您会向我伸出手的,您原谅了我,不是吗?您像从前那样爱着我吧？

啊，爱我吧，别抛下我，因为我这一刻多么爱您，因为我配得上您的爱，因为那是我应得的……我亲爱的朋友！下星期我就要嫁给他。他是爱我才回来的，他从来没忘记我……您别气我提到了他。不过我想要跟他一起去找您。您会喜欢他的，不是吗？……

盼您原谅，盼您记得，盼您爱的

您的娜斯坚卡

我反复读着这封信好久，不禁流下眼泪。最后信从我手中掉落，我双手掩面。

"亲爱的！啊，亲爱的！"玛特廖娜开口。

"什么事，老太婆？"

"天花板上的蜘蛛网我全清掉了，你现在不管是娶妻或宴客，这个时候正好……"

我看着玛特廖娜……这是一个尚有活力的年轻老太婆，但是，我不知道为什么，她突然让我觉得她的眼神毫无生气，脸上布满皱纹，一副驼背又衰老的模样……我不知道为什么，突然觉得我的房间也变得像这个老太婆一样老了。墙壁和地板色泽不再，一切都暗沉沉的，蜘蛛网结得更多了些。我不知道为什么，当我望向窗外，我觉得对面的那栋房子也同样变得老旧、暗沉，圆柱上的灰泥剥落、塌散，檐板变黑、龟裂，墙面从原本鲜明的深黄色变得花色斑驳……

也许是阳光忽地从乌云后露出，复又藏到雨云后，我眼前的一切又变得暗沉沉的；或许，在我面前这么凄凉悲哀地一闪而过的可能是我未来的前景，而我看到整整十五年后我变老了的模样，就像我现在这番情景，还是待在同样这间房里，依旧孤独，跟同样的那位玛特廖娜在一起，这些年来她一点也没变聪明。

但是，要让我记得我的怨恨，娜斯坚卡！要让我在你那明亮安详的幸福里添上阴影，要让我痛斥一番使你心里发愁，用难以言喻的折磨伤害你的心，使它在美满的时刻忧愁地跳动，还有当你跟他齐步迈向教堂祭坛时，要让我踩躏那些你编在自己黑色卷发上的娇美花儿，哪怕是其中一朵也好……啊，永远不要，永远不要！愿你的天空明亮，愿你那可爱的笑容开朗从容，愿你平顺喜乐，因为你把美满幸福的一瞬给予了另外一颗孤独而感激的心哪！

我的天啊！美满幸福的完好一瞬！哪怕是用之于人的一生，难道还不够吗？……

# 小英雄[1]

(摘自来历不明的回忆录)

我那时候将近十一岁。七月,我被送到莫斯科郊外的乡村,到我的一位亲戚T家做客,那个时候他们家聚集了大概有五十位客人,也许更多……我不记得,也没算过。气氛喧闹又欢乐。这好像是在过节,而且是为了永远不会结束而开始的节日。我们的主人好像是承诺过要尽快挥霍掉自己所有的庞大财产,不久前他也真的证实了这个意图。确切地说,是要完完全全挥霍掉,干

---

[1] 本篇为一八四九年作者被囚于彼得保罗要塞时所写,一八五七年,其兄米哈伊尔将作者手稿原名《儿童童话》改为现在的题名,以匿名"М--ий"发表于《祖国纪事》。一八七四年作者与友人弗谢沃洛德·索洛维约夫(Vsevolod Solovyov, 1849—1903)谈到创作这部小说时的心情:"我身陷要塞牢狱的时候,我想我这就完蛋了,觉得我撑不过二天,可是——突然就完全平静了下来。是不是我在那里做了什么?……我在写《小英雄》——您读一读吧,难道那故事里能看到愤恨痛苦吗?是我做了安详又美好的梦。"另外,值得注意的是,作者十六岁之前几乎都在莫斯科生活,小说的景物描写反映出作者少时对乡村庄园生活的印象,这来自他每年暑假在自家的达罗沃耶(Darovoye)庄园,以及他非常喜爱的阿姨库玛尼娜的家族在莫斯科郊区菲利(Fili)的别墅,这段乡村生活经历对未来作家的心灵产生了巨大的影响。——俄文版编注与译注

干净净,一点都不剩。新的客人不停来访,莫斯科才两步远,举目可见,因此离开的人也只是把位子让给其他新来的人,节日则照常进行。娱乐一个接一个,没人觉得会结束。一会儿去附近骑马,整批成队的,一会儿又到松树林或河边散步,在田野上野餐、午餐。晚餐设在家里的大露台上,那里摆放了三排珍贵的花朵,芬芳气味弥漫在清新的夜晚空气中,我们的女士们本就几乎个个都漂亮,在灿烂的灯光下,现在好像变得更加迷人了,她们的脸庞仍处在白天游玩心情的影响下而朝气蓬勃,她们的眼睛发亮,她们与各方欢快地交谈,伴随着铃铛般的清脆笑声,时而有舞蹈、音乐、歌唱,如果天色阴暗,就来表演活人画[1],或者玩猜字谜、谚语,另外还会安排家庭戏剧演出。爱说漂亮话的人、讲故事的人和说俏皮话的人这里都少不了。

可以看到有一些人很出风头。毫无疑问,照常有诽谤、流言,因为少了这些社会就停滞不动,上百万人也会像苍蝇似的烦闷而死。但因为我那时候才十一岁,也就不太注意这些人物,而是完全着迷于其他的人,即使我注意到了,也不是全貌。有些事情是后来才想起来的。在我年少的眼里能见到的情景,也只有光彩辉煌的那一面,就是大家一起兴高采烈、神采飞扬、热热闹闹——这一切我所不曾见闻过的,多么令我震惊,以至于我在

---

[1] 活人画(源自法文 tableaux vivants),一种静态表演,由真人去模拟一幅画的人物、场景等。

最初几天完全不知所措，我的小脑袋晕头转向。

但是我现在所说的一切，都是我十一岁那时候的事，而当然，我那时是个小孩子，不过就是个小孩子。这些美丽的女人中有许多位对我很亲热，却还没想到要问问我的年纪。但是——真是奇怪！——有一种我自己也无法理解的感受已经笼罩着我，有一个到现在还不熟悉的东西就在我心头窸窣作响，是什么东西心里也不清楚，但为什么我的心时而发烫又怦然颤动，仿佛受了惊吓，我还经常突然就满脸通红。有时候因为我享有孩子的各种特别待遇，而觉得有点羞愧，甚至难堪。有时候我好像惊讶得不知如何是好，因此我就出去到某个人家可能看不到我的地方，好像是为了要喘一口气，还为了要记起某件事，某件我觉得一直记得非常清楚而现在却突然忘记的事情，但没想起来我就不能出来，也绝不可能出来。

还有，我觉得我对大家隐瞒了什么事，但我无论如何也不想跟别人说这件事，要是说了，我这么一个幼小年纪的人是会羞愧落泪的。没多久，身陷在这个生活旋涡之中，我感觉到一种孤独。那里也有其他的小孩，但全都——比起我来要不就是年纪太小，要不就是太大。不过，我也没空理他们。当然，要不是我的处境特殊的话，我就不会有什么事了。在所有这些美丽女士的眼中，我仍然还是一个年纪小尚未定性的孩子，是那个她们有时喜欢爱抚，而且可以让她们像跟小玩偶一起玩乐的对象。特别是其中的一位，一个迷人的金发女孩，她有一头蓬松浓密的头发，是我后来从未见过的，大概，也永远不会再见到，她好像发誓要让我不得安宁。我们周围响起的笑声，让我惊慌却让她欢乐，她时时刻刻都用激烈又任性的疯狂行为逗我而引发这样的笑声，显然这给了她极大的快感。她以前在寄宿学校，大概会被朋友取个"捣蛋鬼"的绰号。她漂亮极了，而且在她的美丽之中似乎有某个东西，让人一见到她就为之着迷。当然啦，她不像那些年纪小、羞答答的金发小女孩，她们白皙得像刚冒出来的茸毛，娇柔得像小白鼠或牧师的女儿一样。她的身材不高，还有点胖，脸蛋的轮廓却是细致清秀，被雕琢得很迷人。这张脸有如闪电绽放般亮丽，而她整个人——像一团火似的，活跃、敏捷又轻盈。她那双睁得大大的眼睛里仿佛火花四射，闪烁得像钻石似的，我永远不会把这么湛蓝璀璨的眼睛换成黑色的，就算它们胜过最黑的安达卢西亚女子的眼眸也不换，再说，我的金发女孩，真的是比得上那位被知名优秀诗人所歌颂的出色的黑发女孩，这诗人还在这么绝妙的诗中以整个卡斯提亚来起誓，说他愿意粉身碎骨，只要能让他用指尖碰一碰那美人的披巾[1]。还要补充说的是，我的美人是世上所有美人中最快乐的一位，她是最能恣意哈哈大笑的

---

[1] 指法国浪漫主义诗人阿尔弗雷德·德·缪塞（Alfred de Musset, 1810—1857）的诗《安达鲁西亚女郎》（1829）第五节中的描写，这首诗因被谱成歌曲流传甚广。——俄文版编注

人，尽管她嫁人大概已经有五年了，还是像孩童一样爱玩闹。她的笑始终抹在鲜嫩的双唇上，而那唇鲜嫩得有如早晨的玫瑰，乘着第一道阳光才刚绽放鲜红芬芳的蓓蕾，上面几颗冰凉硕大的露珠仍未干涸。

我记得在我抵达后的第二天举办了一场家庭戏剧表演。那天的大厅，就像常说的，挤到满得不能再满了，连一个空位也不剩。我不知为什么刚好又迟到，就勉强站着看戏。但是有趣的表演越来越把我吸引到前面，因此我不知不觉就挤到最前面的几排座位，在那里我最后把手肘支在其中一个座位的椅背上，那椅子上坐着一位女士。就是我那位金发女孩，但当时我们还不认识。而这时候，我不知怎的无意中对她那圆得出奇又迷人的肩膀看得出神了，那么丰满又白皙如奶泡，虽然我坚定地觉得看什么都无所谓：无论是看美妙的女人肩膀，还是看最前排有一顶绑火红系带的包发帽，那帽子下遮着一位令人敬重的女士的白头发。金发女孩的旁边坐着一位老处女，她是那种——正如我后来偶然注意到的，就是不断尽量挤进年轻漂亮女人小圈子的那种人，而且还会选那种不排斥年轻男人的小圈子。但这是题外话。就是这个老处女看出了我关注的对象，她俯身向身旁的女人耳边嘻嘻笑着悄悄说了什么。金发女人突然转身，我记得她那炯炯的目光望着我，在昏暗之中是那么闪亮，尚未准备好和她对视的我，好像烫着了似的抖了一下。那美女微微一笑。

"他们的表演您喜欢吗?"她问,戏谑又嘲笑地看着我的眼睛。

"是的。"我回答,依旧有点惊讶地望着她,我的惊讶显然也让她喜欢。

"那您为什么站着?这样——您会累的,难道您没有座位吗?"

"正是,没有。"我回答,这一次美女吸引我的是她的关心多过了闪亮的眼神,我因而相当认真地高兴了起来,终于有个好心人,可以跟这人吐露自己的不幸。"我已经找过,可是所有的位子都有人坐了。"我补充说,似乎在向她抱怨位子都坐满了。

"到这里来,"她热情地说,她就是这么急着决定,如同她急着动歪脑筋一样,她狂妄的脑袋里什么念头没有过,"到我这里来,坐到我腿上。"

"腿上?……"我重复了一遍,感到疑惑。

我已经说过,我的特别待遇开始大大地让我难堪又羞愧。这种待遇有别于其他的,太过头了,好像是嘲笑。况且,我本身一直是胆小又害羞的男孩,现在面对女人不知怎的特别胆怯起来,因此尴尬得不得了。

"对呀,腿上!你是为什么不想坐到我腿上?"她坚持,开始笑得越来越厉害,如此到最后简直哈哈大笑了起来,天晓得为了什么,也许是因为她自己构想的提议,或是看我这么尴尬而感到得意。但她就是要这样。

我脸红了起来，困窘地四下张望，看可以躲到哪里，但她已经料想到我会这么做，不知怎的及时抓住了我的手，就是不让我走，并把我的手拉到她身边，突然间，完全出乎意料，令我惊讶无比，她竟然用自己那顽皮又火热的手指把我的手捏得痛极了，还折起我的手指，而在这么痛的情况下，我还费尽全力不愿意大叫出声，因此我嘴歪脸斜得非常可笑。除此之外，在得知有这么可笑又恶劣的女士之后，我感到非常非常惊讶、疑惑，甚至惊恐，这种女人跟小男孩说那些无聊话，还捏得他这么痛，真是莫名其妙，而且还当着大家的面。大概，我悲惨的面容反映出我的种种疑惑，因为这顽皮的女孩像个疯子般在我眼前哈哈大笑，同时把我可怜的手指头捏来折去，越来越厉害。她得意忘形，由于可以像学生似的胡闹一番，使我这个可怜的小男孩不知所措，她彻底愚弄了我。我的处境凄惨。首先，我羞愧得脸红，因为几乎所有周遭的人都转身看我们，有些人疑惑不解，有些人发笑，随即明白是那个美女在捣蛋胡闹。此外，我非常想大叫，而她正是看我不叫才那么残酷地折我的手指：我可是像斯巴达人一样，敢于忍受疼痛，担心大叫会搞得一团乱，这样一来，我就不知道我会发生什么事了。在彻底绝望下，我终于开始反抗，尽全力把我自己的手拉回来，但是我的那位女暴君力气比我大得多。最后我忍不住了，大叫了一声——这就是她期待的！她一瞬间撇下我，转身回去，好像什么事也没有过，仿佛不是她在胡闹，而是别人，就跟学校里的捣蛋鬼一模一样，老师才刚转过身，就开始给旁边的人捣乱，去揪某个弱小的同学，用手指弹他一下，脚踢一下，或用手肘从旁推他一下，然后马上又回来，调整好坐姿，埋头书本，开始用心读自己的功课，就这样，留下怒气冲冲的老师，像只老鹰似的冲向吵闹的地方——并且突然伸出那好长好长的尖嘴。

但是对我来说幸运的是，这一刻大家的注意力都被我们主人的精湛演出给吸引走了，他在这出有点像是斯克里布[1]喜剧的戏中饰演主角。所有人鼓起掌来，我趁着喧闹悄悄从前排溜到大厅最后面，到相反的角落去，我躲在圆柱后面，从那里惊恐地望着那个阴险的美女坐着的地方。她用手帕遮住自己的双唇，依旧哈哈大笑。她还回头张望了好久，到处搜寻我——想必她感到非常可惜，我们的疯狂争斗这么快就结束了，同时想着是不是还有什么可以胡闹的。

我们的相识是从这里开始的，从这个晚上之后，她就不离开我一步。她毫无节制又不顾脸面地追捕我，成了迫害者，成了我的女暴君。她对待我的把戏的可笑之处就在于，她自称非常喜爱我，然后在众人面前让我痛苦。毫无疑问，对我这直率又羞怯的人来说，这一切都令人觉得难堪又气恼到要掉泪，就这样我有好

---

[1] 斯克里布（Augustin Eugène Scribe, 1791—1861），法国剧作家。

几次处在这种严峻又危急的情况中，我都准备好了要跟我阴险的"崇拜者"打起来。我天真的困窘，我绝望的忧愁，仿佛鼓舞着她追捕我到最后。她不知怜悯，而我不知道哪里可以躲开她。我们周遭响起的笑声，都是她擅长挑起的，只会激得她更加胡闹。但是她的玩笑终于被认为有点太过头了。也确实，现在回想起来，对待像我这样的孩子，她真是太放肆了。

但她就是这样的个性：她是个典型的被宠坏的女人。我后来听说，她的丈夫对她更是娇宠惯了，那是个非常胖、非常矮、面色非常红润的人，非常富有也非常能干，至少外表看起来好动又忙碌，他没办法在同一个地方待上两个小时。他每天要离开我们去莫斯科，有时候去两趟，如他自己所说，都是有事要忙。在这张好笑又总是正经的脸庞上，很难找到开心一点、和善一点的模样。而且他还爱妻子爱到成癖好，爱到令人可怜的地步——他简直把她当偶像一样崇拜。

他丝毫不约束她。她有一大堆男男女女的朋友。首先，很少有人不爱她。其次，轻佻的女人本身在朋友的选择上就不太挑剔，尽管她的个性基本上，比起据我刚说过所能够揣想到的，要严肃得多。但是在她所有的女性友人中，她独独最喜爱一位年轻的女士，是她的远亲，现在也在我们的社交圈中。她们之间有某种细腻而微妙的关系，两个个性截然不同的人相遇时往往会产生这样一种关系，当双方有一个比对方更严肃、更深沉、更纯真，那么另一个就会极温顺地、自我感觉高尚地、带着爱慕地服从于对方，因为感觉到对方一切优于自己，而且会把对方的友谊看作幸福接纳在自己心中。于是在这两种个性之间，发展出这般细腻又高尚的微妙关系：爱与彻底的迁就，从一个角度来说是爱与尊重；从另一个角度，这尊重则是到了某种让人恐惧的地步，以及担忧自己在你所高度重视的人眼前的样子，还到了嫉妒又贪婪期待的地步，想在生活中的每一步越来越靠近对方的心。这两位女子同年龄，但同时从美的角度来看，整体上有着难以估量的差异。M女士本人也非常漂亮，但在她的美貌之中有某种明显有别于大众美女的特质。她的脸上有一种表情，会让大家立刻难以招架地对她抱有好感，或者应该这么说，它会让遇见她的人产生一种优雅崇高的好感。确实有这种令人幸福的脸庞。任何人一到她身边就变得更舒坦一些、更轻松一些，也更温暖一些。不过，她那双忧郁的大眼睛，充满激情和力量，羞怯又不安地望着，好像时时刻刻处于某种敌意与威胁的恐惧之下，然后这股奇特的羞怯有时候会让她平静温婉的轮廓蒙上了一种忧愁，是那种貌似意大利圣母画的高尚脸庞才有的。因此，望着她，自己很快就好像因为个人或亲人的哀愁而变得那么忧伤。这张苍白消瘦的脸上，透过眉宇清秀端正的无瑕之美，以及暗自压抑苦闷的忧愁而严肃的性格，仍然经常流露出童真的开朗表情——这模样是不久前还容易轻信人的年纪才有的，或许就是天真幸福的模样；这种平静却又羞怯犹豫的笑容——这一切令人震惊,会对这个女人不知不觉就同情起来,每个人心里会不由自主地生出一股甜蜜又强烈的担忧,这份担忧从老远就大声为她诉说,并且从旁使人与她亲近。但是这美女显得有点沉默,心事重重,尽管,有人需要同情的时候,当然没有人比她付出更多的关心和爱护。有种女人,她们好像是生活中的护士。在她们面前可以什么都不隐瞒,至少心中的伤痛无须隐瞒。有谁感到痛苦,就勇敢地、怀抱希望地去找她们吧,不必害怕成为负担,因为我们之中很少有人知道,在其他女人心中有多少这种无限包容的爱、同情和宽宏大量。满满的同情、安慰与希望的珍宝,保存在这些纯洁,也常受伤的心中,因为心给予许许多多的关爱与担忧,但那里的伤口为了避免好奇的目光而细心遮掩着,因此有再深的悲痛也隐瞒不说。无论伤口有多深,或化脓,或恶臭,都不会使她们害怕:任谁去找她们,都值得她们关爱。她们呀,其实,好像生来就是为了建立功绩……M女士的身材高、娴娜又匀称,但有点纤细。她举手投足不太稳定,有时候慢慢的,从容不迫,甚至有点傲慢,有时候快得像小孩子似的,同时在她的姿态中又流露出一种羞怯的温顺,好像有某个惊慌不安又容易受伤的东西,却不向任何人要求、请求来保护。

我已经说过,那奸诈的金发女人用那不值得称许的企图心,羞辱了我,弄伤了我,伤害我到出血。但造成这个后果还有个秘密、奇怪又愚蠢的原因,被我掩藏了起来,我为了这个原因颤抖得像童话中的那个恶老头[1],甚至一想到这个原因,我就独自躲在一个隐秘昏暗的角落里无助地头往后仰,那里是任何一个蓝眼睛的女骗子没办法用那审判、嘲笑的眼光找得到的地方,一想到这件事,我就差点惊慌、羞愧又害怕得喘不过气来——简单地说,我恋爱了,或者说,假设我是在胡扯:因为这是不可能的。但到底为什么在我身边的所有人之中,只有一个人吸引了我的注意?虽然那时候我根本不会想去看女人、去认识她们。为什么我的目光就爱盯着她?这比较常发生在晚上,当阴天所有人被关在房子里的时候,我就孤单地躲在大厅的某个角落,漫无目的地东看西看,完全找不到任何事情做,因为除了欺压我的那些女人,很少有人会跟我说话,在这些夜晚我都闷得难以忍受。那时候我就仔细看看我周遭的人,聆听他们的对话,我常常一句也不懂,就在这个时刻,M女士那平静的目光、温柔的微笑和美丽的脸庞(因此这是她),上帝才知道为什么,吸引我着迷地关注,我就是无法遗忘这个奇特、模糊但不可思议的甜美印象。常常一连好几个小时,我的目光好像就是没办法离开她,我记熟了她的每一个姿势、每一个动作,聆听她浑厚、嘹亮但又有点闷闷的嗓音的每一次振动——真是怪事!——从我所有的观察中,混杂着羞怯又

---

[1] 指俄国童话中的反派人物"кащей",外形骨瘦如柴,他是不死的吝啬鬼,守着宝物和长生秘方。

甜美的印象，让我产生了一种不可思议的好奇。好像是我要打听什么秘密似的……

令我最痛苦的是当M女士在场的时候人家对我的嘲笑。这些嘲笑和开玩笑的欺压，以我的理解，甚至是侮辱了我。有过几次这样的事，当传来一片大家对我的笑声时，甚至连M女士也偶尔不自主地参与其中，那时候我就绝望得悲痛不能自已，便从我的女暴君们身边挣脱开，往楼上跑去，我在那里孤僻地度过一天中剩下的时光，不敢在大厅里露脸。不过，当时我自己都还不了解自己的羞愧和不安，整个过程不知不觉地忍受了过去。我几乎还没跟M女士说上两句话，而且，当然，我也还没决定要这么做。但是有一天晚上，过了对我来说极难忍受的一天之后，我在游玩的时候落在其他人后面，我累得不得了，便穿过花园溜回家。在一条僻静的林荫小径，我看见了M女士坐在长凳上。她一个人孤孤单单坐着，好像是刻意选择了这么僻静的地方，她的头低垂至胸前，不自觉地扯弄手里的方巾。她深深地思索着，以至于没听到我靠近了她。

她一注意到我，就很快从长凳上站起来，转过身去。我看见她匆匆用手帕擦了擦眼睛。她刚哭过。眼泪擦干了之后，她对我微微一笑，跟我一起回家。我已经不记得我跟她说了些什么，但她时时刻刻找各种借口打发我去办事：一会儿要摘花给她，一会儿要我去看看旁边林径上骑马的是谁。每当我一离开她，她立刻又把手帕拿向眼前，擦着不听使唤、怎么都止不住的泪水，那泪水总是一再地积攒在心里，总是从她那双可怜的眼睛里流淌而出。我明白，显然我成了她的一大负担，她才这么频繁地差遣我，而且她自己已经看见我全都察觉到了，但就是没办法自我克制，这点更是让我为她伤心。这一刻我几乎对自己气到绝望，骂自己不机灵又不机智，始终不知道，该如何不表现出我察觉到她的哀伤而机灵地从她身边走开，但我却是跟着她并肩走，我心怀忧伤惊讶，甚至惊恐，完全仓皇失措，根本找不到一点话题来持续我们早已乏味的交谈。

这次的会面真是令我震惊，让我一整晚都无比好奇地悄悄盯着M女士，眼睛离不开她。但发生了这样的事——在我观察期间，她的目光有两次出其不意地碰上了我，第二次发现了我之后还微微一笑。这是她在整个晚上唯一一次的笑容。她脸上的忧伤还没褪去，现在的脸庞非常苍白。她一直静静地跟一位年长的女士说话，这是个凶悍又爱争吵的老太婆，因为她会窥探隐私和散布谣言而没人喜欢她，但大家都怕她，因此都得勉强百般讨好她，不管愿不愿意……

大约晚上十点钟，M女士的丈夫来了。这时我仍在非常专注地观察她，视线没有离开她忧伤的脸庞。这时候，当她的丈夫意外现身，我看见她整个人颤抖了一下，她的脸本来就苍白，现在突然变得比手帕还要白。这是如此显眼，连旁人都看得出来：我清楚地听到一旁的谈话片段,从中勉强猜得到,可怜的M女士过得不太好。他们说她的丈夫善嫉妒,像那个黑人[1]一样,这并不是因为爱,而是出于自尊心。这人一看就是个欧洲人,现代人,一副拥有新思想的样子,并且以自己的思想为傲。从外表来看,这人是个黑发、高个且相当结实的先生,蓄着欧洲式络腮胡,一脸自负的红润面色,牙齿如白糖般白净,还有一副无可挑剔的绅士姿态。大家叫他聪明人。在有些圈子里就是这么称呼这类特别的人,这种人是靠别人养胖的,自己完全什么都不做,也完全什么都不想做,由于长期的懒惰和无所事事,他们的心已经成了一团脂肪。你会时时从他们口中听到,他们无事可做是因为某种非常错乱又仇恨的环境使然,这样的环境"使他们的才能疲乏",还有这环境中的事物"让人看着就感到忧心"。这就是他们那种人惯用的华丽辞藻,是他们的格言,是他们的秘密口令和口号,这类的辞藻被那些吃饱了的胖子不时到处滥用,早就已经开始令人厌烦了,如同臭名远扬的口是心非和空话。不过,这些爱说笑的人,其中有一些无论如何都找不到他们要做什么才好——不过,他们永远都是连找都没找——偏偏他们还想要让大家认为他们的心没有成了一团脂肪,而是正好相反。总之,就是成了某种非常深刻的东西,但确切地说是什么呢——对此就

---

[1] 指莎士比亚《奥瑟罗》剧中的奥瑟罗。

连顶尖的外科医师也不想说什么，当然这是基于礼貌罢了。这些先生之所以在社会上冒出头，是因为使尽自己的本能在粗鲁的玩笑、最短视的批评和无限度的骄傲上。因为他们没别的事可做，除了挑出并反复强调他人的错误和缺点外，因为他们内心的善良情感，跟牡蛎命中注定的一样多，那么他们也就不难在那些防护手段下，相当小心地与人们相处。这点他们极其引以为荣。比如说，他们几乎深信，差不多全世界都在帮他们负担代役租税；世界在他们手中就像被他们拿来储备的牡蛎；除了他们之外全都是傻瓜；每个人都像是他们偶尔需要脂膏的时候用来榨取的橙子或海绵似的；他们是所有人的主子，会有这整个值得称赞的万物体系，正因为他们是这么睿智又出色的人。他们毫无限度的骄傲不容许自己有缺点。他们像是日常生活中的骗子那类人，天生的达尔杜弗们和福斯塔夫们[1]，他们骗人骗到最后连自己也相信就应该是这样。也就是说，为了生活他们就是要骗人，骗到经常让大家相信他们是诚实的人，最后连自己也坚信仿佛他们真的就是诚实的人，以及他们的骗局也是真诚的事业。至于良心的内在审判，至于高尚的自我批判，他们永远都无能为力：因为他们都太胖了，做不来其他的事。在他们心目中最重要的，永远而且全

---

[1] 前者为莫里哀《伪君子》剧中主角；后者为莎士比亚《亨利四世》和《温莎的风流妇人》剧中主角。

部就是他们自己这号宝贝人物，是他们的莫洛赫神和巴尔神[1]，是他们的优秀的自我。大自然、全世界对他们来说，最多不过就像是一面华丽的镜子，之所以被创造，是为了让我这位备受崇拜的小天神不停地照镜子欣赏自己，而且因为只看自己，就看不到别的人，看不见别的事物，在这种情况下，也就不难理解，世上的一切在他眼里都是这么乱七八糟的。对于一切他都备好了现成的句子——而且还是他们最熟练的——那是最时髦的句子。甚至他们还在各个路口凭空散播这种他们预感会成功的思想，来助长这样的时髦风气。他们就是有这样的嗅觉来嗅出这种时髦的句子，并且比其他人更快掌握要领，于是，这些句子就好像是从他们那里生出来的。尤其是他们会准备一些自己的句子，来表示自己对人类至深的同情，来定义怎样才是最正确且依据理性的慈善行为，然后，最终是要不断地指责浪漫主义。更确切地说，往往是指责所有的美好与真实的事物，然而组成美好与真实的每一个原子，都比他们这种软体动物的整个品种更珍贵。但是他们过于草率，没看出那种在形式上观点欠妥、仍处于过渡阶段、尚未发展成熟的真理，并且拒绝所有尚未妥善、还没定型且不稳定的事物。这种吃饱喝足的人一辈子醉醺醺地过活，一切都拿现成的，自己什么也没做，也不知道每件事做起来有多么难，所以，有一

---

[1] 小亚细亚古代民族的太阳神，在源自基督教诠释的文学传统中，象征着残酷无情的力量。——俄文版编注

点什么粗糙的东西触犯到他那油滑的情感就以为是灾难了：这种事他永远不会原谅，永远会记住，并且乐得去报复。总而言之，我的这位主角不折不扣就是个胀到极点的肥大皮囊，里面满是格言、时髦句子和各式各样的标签。

但其实M先生也有个特点，是个出色的人：他爱说笑、多话又爱讲故事，在他的社交圈里总是有一小群人围着他。在那晚他特别成功地给人留下深刻印象。他掌控了谈话的内容，他精神饱满、愉快，好像有什么事让他高兴，使得大家都关注他。但是M女士总是一副不舒服的样子，她的脸那么忧伤，让我不时觉得，她长长睫毛上不久前的泪水现在眼看就要抖落下来。这一切，如同我先前所说，都让我惊讶无比。我怀着某种怪异的好奇心离开，我一整晚都梦见M先生，然而在此之前我很少会做这种乱七八糟的梦。

隔天一清早，我被叫去排练活人画，我出演其中一个角色。活人画、戏剧，还有舞会——都定在同一个晚上进行，在主人小女儿的生日这个家庭节日上，演出日期剩不到五天。在这个几乎是即兴安排的节日，邀请了上百位莫斯科和近郊别墅的宾客，因此有许多忙忙碌碌要张罗的麻烦事。排练，或者倒不如说是试装，时间定在一清早很不是时候，因为我们的导演是知名艺术家R先生，也是我们主人的朋友和宾客，看在友好交情的分儿上才答应要来编导活人画，并且指导我们，而他现在赶着去城里买道具,还要为节日活动做最后的准备工作,因此没有时间可浪费。我参加的那场活人画,是M女士跟我两人一起演。这幅画要表现一个中世纪生活的场景,题目是"城堡的女主人和她的少年侍从"。

跟M女士一起排练,我感到一股说不出的尴尬。我觉得,她立刻从我的眼中读出了我脑袋中昨天就冒出的那些想法、困惑和猜疑。而且,我总觉得,在她面前我好像犯了错似的,昨天我撞见她流泪,打搅她的悲伤心情,因此她应该会不由自主地对我观感不佳,就像看待一个令人不快的目击者,或一个不请自来涉入她秘密的人。但是,感谢上帝,事情不太麻烦就解决了:她根本没注意到我。她好像完全顾不上我,也顾不上排练:她漫不经心,表情忧伤,闷闷地若有所思。显然,有个大大的烦恼令她难受。我完成自己的演出后,跑去换装,十分钟后便走到花园那边的露台上。几乎同一时间,M女士也从另外一个门出来,而且刚好在我们对面出现了她那位自负的丈夫,他从花园回来,才刚刚护送一批女士过来,在那里把她们亲手交给某位无所事事的殷勤男伴[1]。这对夫妇显然是意外相遇。M女士不知道为什么突然尴尬起来,在她那不耐烦的动作中流露出一股淡淡的气恼。丈夫原本无忧无虑地用口哨吹着一曲咏叹调,一路上深思着梳理自己的络

---

1 原文用法文"cavalier servant"。——俄文版编注

腮胡，这时候遇见了妻子，却皱起了眉头，打量着她，据我记忆所及，他当时是用一种严厉拷问的目光。

"您要到花园去？"他注意到妻子手里的阳伞和书本后问。

"不是，要去树林。"她微微脸红着回答。

"单独去吗？"

"是跟他……"M女士指着我说，"我清晨通常是一个人散步。"她语气游移、含糊地补充说，像是那种人生中第一次撒谎的样子。

"嗯……我刚刚送了一大群人去那边。那里的所有人都聚在一座花草装饰的凉亭里，欢送N先生。他要走了，您知道吧……他出了点麻烦事，在敖德萨那边……您的表妹（他说的是金发女孩），又是笑，几乎又是哭的，两样一起来，搞不懂她。她告诉我，您为了某件事在生N先生的气，因此不去送他。一定是胡扯吧？"

"她是在说笑。"M女士从露台阶梯上走下来回答。

"那么这位是每天陪您的殷勤的男伴吗？"M先生补充，嘴巴一撇，并用长柄眼镜指着我。

"是少年侍从！"我大喊，气恼于他的长柄眼镜和嘲笑，就当他的面哈哈大笑起来，然后一下子跳过三级阶梯下了露台……

"一路平安！"M先生嘟囔着，便走自己的路去了。

不用说，M女士才刚向丈夫指着我的时候，我就立刻走到她身边，并且一副看起来好像整整一个小时之前她就邀我来了，又好像我已经整整一个月每天早上都陪在她身边散步。但是我怎么都搞不懂：为什么她这么尴尬又难为情，还有她决定要撒个小谎的时候脑袋里在想什么？为什么她就是不说她是独自去的？现在我不知道要怎么看待她，但是震惊的我还是非常天真地开始慢慢朝她的脸看去，然而，就像一个小时之前在排练时那样，对于我的偷看和我无声的疑问她一点都没注意到。在她脸上、在她的担忧和走路的姿态中，流露的仍是同样的痛苦烦恼，只是比之前更明显了些，更深刻了些。她好像赶着去哪里，步伐越来越快，并且不安地看向每条林荫小径和林间道，不时回头看花园那边。我也同样期待着什么。忽然间在我们身后传来了马蹄声。这是一群为了替突然要离开我们的N先生送行的男男女女的骑手。

我的那位金发女子也在这群女士之中，M先生刚提过她，说她流了眼泪。不过，她现在一如往常像个小孩子般哈哈大笑，骑着漂亮的枣红马快步奔驰。N先生跟上来经过我们时脱了帽致意，但没有停下来，也没跟M女士说一句话。这一群人很快消失在眼前。我看了一眼M女士，差点没惊讶得大叫一声：她苍白得像条白手帕似的呆站着，大颗的眼泪夺眶而出。我们的目光无意间交会，M女士忽然脸红了起来，立即转过身去，她脸上明显流露出不安和烦恼。我是多余的，情况比昨天还糟——这再清楚不过了，但我能躲到哪里去呢？

忽然间，M女士好像猜到了我的想法，她打开手中的书本，羞红着脸，很明显尽量不看我，似乎现在才想起来说：

"哎呀，这是第二部，我搞错了，请帮我拿第一部来。"

怎么会不明白！我的角色结束了，也总不能太直接赶我走。

我带着她的书本跑开，也不回来了。这个早上那本第一部的书非常平静地搁在桌上……

但是我心神不宁，我的心怦怦跳，似乎不断处于惊慌之中。我费尽全力设法不再见到M女士。但同时我又有一股强烈的好奇心去观察那位自负的人物M先生，好像他身上现在必定会有某种特别的东西。我一点都不明白当时在我那可笑的好奇心之下，用意是什么，我只记得，这个早晨碰巧见到的一切，让我感到异常惊讶。然而，我这一天才刚开始，对我来说这天发生太多事情了。

这天的午餐我们吃得非常早。大家约了要一起去隔壁村子游玩，去参加那里的乡村节庆晚会，因此需要时间准备。这趟出游我已经想了三天，期待将会欢乐无穷。这时候几乎所有人都聚在露台上喝咖啡。我混在人群后面挤过去，藏身在三排座位的后面。好奇心驱使着我，同时我无论如何都不想要出现在M女士眼前。但碰巧我就置身在离我那位压迫者——金发女子不远的地方。这次她身上发生了奇迹，发生了不可能的事情：她变得加倍地漂亮。真不知道是怎么又为什么变成这样的，但是女人身上发生这种奇迹甚至还并不少见。这时候在我们之间有一位新客人，高大、脸色苍白的年轻人，是我们金发女子的头号爱慕者，刚从莫斯科来到我们这里，好像是刻意想让自己来替换离开的N先生，关于N先生，有传闻说他肆无忌惮地爱上了我们的这位金发美女。那关于这位新访客还有什么呢，就是他很早就跟她有那种，正如莎士比亚的《无事生非》中的培尼狄克之于贝特丽丝的关系。简单地说，我们的美女在这一天真是大受欢迎。她的笑话和闲聊是这么妩媚，天真得这么容易让人相信，口误得这么情有可原。她怀着妩媚的过度自信，在所有人的欣喜中深信自己的确一直受到某种特别的爱慕。那些惊讶的听众、欣赏她的听众组成的紧密小圈子，一直围绕在她左右没有散去，她还从来没有这么迷人过。她的每一句话都诱人且新奇，不被放过，来来回回被转述，她没有一个笑话、没有一个疯狂行为是白费的。似乎也没有人预料到她会这么风趣、亮丽又聪明。她所有最好的特质常被深埋在最任性的妄为里，以及近乎小丑行径般的胡闹中，这些特质少有人会注意到，即使注意到了，也不会就这么相信。因此，现在她受到非比寻常的欢迎让所有人惊讶不已，热烈地交头接耳。

不过，她受欢迎是受益于一个特别且相当微妙的情况，至少从同一时间M女士的丈夫所扮演的那个角色来看是如此。这个顽皮的女孩下定决心——需要补充的是：她几乎是为了娱乐大家，或至少是迎合所有年轻人的乐趣——激烈地攻击他，基于许多可能对她来说非常重要的理由。她对他进行了一连串的攻击，用尽俏皮话、嘲笑、挖苦，这些从各方面看来都是最难以抵抗且狡猾、最阴险、高度针对性又流畅的手法，它们直接打击到目标，却使对手没有任何办法来应对回击，只会让受害者徒劳的努力耗尽，把受害者逼到发疯、陷入最可笑的绝境中。

我不是很确切地知道，但这整个疯狂行为似乎是有预谋的，而非偶发的。早在午饭的时候，这场拼命的对决就开始了。我说"拼命的"，是因为M先生没有很快认输。他必须保持全然冷静、说话机敏，并发挥自己出色的急智反应，才不致彻底被击溃，不致蒙受明显的羞辱。事情是在所有目击者和参与争端者持续不断的笑声中进行的。今天的情况，至少对他来说，已经不像昨天那样。看得出来，M女士好几次努力要阻止自己的一位鲁莽朋友，那人也像其他人一样，非得要把嫉妒的丈夫穿上最像丑角、最可笑的衣装，而且想必是穿上"蓝胡子"[1]的衣装，以各种可能的情况来看，以我记忆所及，还有以我本人不得不在这场口角中所参与的角色来看，都是如此。

这发生得很突然，也非常可笑，完全出乎意料，而且很不凑巧，这一刻我刚好站在显眼的地方，没料到会有灾祸，甚至忘了不久前我防范的事情。突然间我被推上了最前线，好像我成了M

---

[1] 指法国作家夏尔·佩罗（Charles Perrault, 1628—1703）的童话《蓝胡子》的主角，是个杀害几任妻子的可怕丈夫。

先生痛恨至极的敌人和理所当然的对手，好像我无法自拔地爱上了他的妻子，我那位女暴君当下发誓，说她保证拿得出证据。比如，就说今天吧，她在森林里看见了……

但她还没来得及说完，我就在对我来说最绝望的一刻打断她的话。这一刻是那么无耻地被算计过，那么背信地备妥了最终结果，备妥了一个丑角闹剧的结局，并且设计得那么可笑——爆发出一阵怎么都止不住的哄堂大笑，好像是对这个最低劣的疯狂行为放礼炮。尽管当时我想象得到，最难过的角色不是落在我身上——可是我还是困窘、愤怒又惊慌到泪流满面、郁闷又绝望，羞愧得要死，我穿过两排座位，闯到前面，用一种因为流泪和愤怒而断断续续的话语，对我的女暴君大喊：

"您也不知羞愧……这么公然地……当着所有女士的面……讲这种糟糕的……假话？！……您就像小孩子似的……当着所有男人的面……他们会说什么？……您——是这么一个成年的……有夫之妇！……"

但是我没说完，就传来一阵震耳欲聋的掌声。我的疯狂行为造成了真正的轰动[1]。我的天真姿态，我的眼泪，最主要是，我好像是出面为M先生辩护——这一切造成了如此可怕的嘲笑，甚至到现在一回想起来，连我自己都觉得可笑极了……我惊慌失

---

1 原文用意大利文"furore"。——俄文版编注

措,几乎吓得失去理智,而且脸红得像火药爆炸似的,我双手遮面,匆忙跑开,在门口把进来的仆人手上的托盘都打翻了,飞奔上楼回自己的房间。我把钥匙从门上拔掉,由内朝外塞进去,从里面反锁。我做得很好,因为我身后有人追过来。没几分钟,我的门口就围着一大群人,是我们所有女士中最漂亮的几位。我听见她们的响亮笑声、频繁又大声的说话声,她们全部一起叽叽喳喳,像燕子似的。她们一个个要求、恳求我开门,哪怕一分钟也好。她们发誓,不会对我有丝毫恶意,她们只想要好好地亲亲我。但是……还有什么比这个新的威胁更可怕?门后的我只是羞得满脸通红,把脸藏在枕头里,我不开门,甚至也不回应。她们还敲了好久的门,恳求我,但我无动于衷,充耳不闻,就像个十一岁的孩子该有的样子。

好了,现在该怎么办?一切都公开了,一切都揭露了,一切我那么热心保护隐藏的事……永远的羞愧和耻辱落到我身上!……老实说,我自己也说不清,我这么害怕的是什么,我想要隐瞒的又是什么,然而我还是害怕某件事,我因为这某件事的曝光,到现在仍像叶子似的颤抖不已。只有一点我到这一刻还不明白,这到底是什么:这事应不应当?光荣还是耻辱?值不值得称赞?而如今身陷痛苦和不甘愿的郁闷中,我才明白这事既可笑又可耻!同时我本能地觉得,这样的判决既虚假,又不人道,还粗暴,但是我被击败了,被毁灭了,我的意识好像停止作用,变得混乱，我怎样都无法抗拒这个判决，甚至连好好讨论它都没办法：我迷惘，只觉得我的心受到残忍又无耻的侮辱，脸上淌满了软弱的泪水。我被激怒了，我心里沸腾着气愤怨恨，是我至今从来没有过的，因为这辈子头一次遭遇到严重的不幸、侮辱、委屈，这一切真的就是这样，没有任何夸大。在我这个孩童的心里，有一种初次出现、未曾体验过、尚未成形的感觉，被粗暴地触动了；有一种初次出现、芬芳、纯真的羞耻心，那么早就被揭露、被侮辱了；还有一种初次出现，也可能是非常认真看待的美感，被嘲笑了。当然，我的嘲笑者们并不太清楚，也没在我的痛苦中预感到什么。这里不很完整地出现了一种我自己没能够，而且不知怎的至今都害怕去搞清楚的心情。我继续烦恼又绝望地躺在自己的床上，把脸埋在枕头里，我不由得反复地发热又发抖。有两个问题弄得我难受：今天那个恶劣的金发女人到底看到了我和M女士在树林里做什么？又能见到什么？还有第二个问题，我现在该怎么办？该用什么样的目光，用什么样的方式，才能够面对M女士，而不至于当场立刻羞愧绝望而死？

　　后来院子里有一阵不寻常的喧闹把昏昏沉沉的我唤醒了。我起身走向窗边。整个院子塞满了轻便马车、骑乘的马匹和忙进忙出的仆人。似乎大家就要走了，几位骑手已经坐上了马，其他的宾客分乘各辆马车……我这时才想起即将举行的郊游，我的心渐渐不安起来。我专心地在院子里查寻我的那匹德国马，但是我的马不在——可见，他们把我给忘了。我忍不住匆忙跑下去，管他会有什么不愉快的会面或前不久的耻辱……

等着我的却是一个可怕的消息。这次没有我的骑乘马匹，马车上也没有座位：全都分配完了，坐满了，我不得不让给别人去。

再一次受到不幸的打击，我在屋前台阶上站住，悲哀地望着长长的有各式各样马车的队伍，上面连一个小角落都没留给我，我望着盛装的女骑手，她们迫不及待的坐骑轻快地跃着步伐。

有一位骑手不知道怎么耽搁了。大家只等他一到就出发。他的马站在大门口，嚼着马衔，马蹄刨着土，不时因惊吓而打战并腾起马蹄。两位马夫小心地抓着辔头控制它，大家因而提心吊胆地站在离它相当远的地方。

确实，出现了这个非常令人遗憾的情况，我因此无法出游。除了刚到的几位新客人，分别占去了所有位子和马匹，还有两匹马病了，其中一匹就是我的马。但不止我一个人碰上这个情况而受害，说得明白点，我们的一位新客人，就是我说过的那位脸色苍白的年轻人，他也没有坐骑可用。为了避免不愉快，我们的主人勉强出了一个极端的法子，建议把自己那匹暴躁又未驯化的种马拿来骑，他怕良心不安还补充说，那马是千万不能骑的，因为它性子野，很早就决定要卖掉它了，不过还是得找得到买家才行。但是这位被警告的客人宣称，他会骑得很好的，而且无论如何都准备好要骑，管他什么马，只要出得去就行。主人那时默不作声，但现在我觉得，他嘴边似乎闪过一抹意在言外又狡猾的微笑。等待着自夸好技术的骑手时，主人仍未骑上自己的马，只是不耐烦地搓着双手，时时往门那边瞧。甚至有某种类似的气氛感染到了两位马夫身上，勒着马的他们骄傲得要命，因为自己在众人面前伴着这种时常白白害死人的马出场。他们还流露出一种像是他们老爷那种狡猾的冷笑，由于期待而瞪大了的眼睛，也朝门那边瞧，那位外地来的勇士要从门后现身了。还有，连马本身的举止都好像也跟主人和带路的马夫说好了：它的动作骄傲自大，仿佛感觉到有数十只好奇的眼睛在盯着它，也仿佛它在众人面前以自己的坏名声为傲，简直就像个不知悔改还以自己的娱乐把戏为傲的浪荡子。似乎，它在挑战这个决意要侵犯它自主权的勇士。

这位勇士终于现身了。他觉得让大家等候很过意不去，匆忙拉紧手套，只管向前走去，下了屋前的台阶，只有当他伸手去抓那匹等太久的马的鬐甲时才抬高了视线，但这时马腾起前蹄就要狂奔，受惊吓的众人大叫警告，他突然间不知所措。年轻的客人向后退，困惑地看着狂野的马，它全身抖得像树叶似的，愤怒地打着响鼻，充血的眼睛发狂地转着，一刻不停地弯下后腿，同时微举前蹄，仿佛准备要冲上天空，还要把两位马夫一起带走。约莫一分钟，年轻客人站着完全不知所措，之后，由丁这一场小混乱，他有点脸红了起来，抬起目光环顾四周，朝吓坏了的女士们看了一看。

"这马好极了！"他似乎自言自语，"看样子，骑上它应该非常愉快，但是……但是，您知道吗？我呢，还是不去了。"他最后说，同时给我们的主人一个开朗又老实的微笑，这笑容跟他那和善聪明的脸蛋多么搭调。

"我仍然认为您是个优秀的骑手，我向您发誓，"这匹难以亲近的马的主人得意地回答，热烈甚至感激地握着客人的手，"正因为您一开始就明白，您是在跟什么样的野兽打交道。"他很有尊严地补充说。"您信不信我，在骠骑军服役了二十三年的我，有三次拜它所赐有幸躺在地上，确切地说，有多少次骑上这……好吃懒做的畜生，就有多少次摔下来。坦克列德[1]，我的朋友，这里的人跟你合不来，显然，你的骑士不知道是什么样的伊里亚·穆罗梅茨[2]，现在还在卡拉查罗沃村里坐着不动，好等到你老掉牙吧。好了，把它带走吧！把人吓得也够了吧！只不过白白牵了它出来。"他最后总结，自负地搓搓手。

必须指出的是，坦克列德没有给他带来丝毫利益，只是白吃粮食。此外，这位老骠骑兵把自己昔日军马采办高手的一切荣

---

[1] 这匹马的绰号可能出自伏尔泰的同名悲剧，或罗西尼据此写成的歌剧；也可能出自塔索（T.Tasso, 1544—1595）的叙事诗《被解放的耶路撒冷》中的骑士之名。——俄文版编注

[2] 俄国古代的著名勇士；下面的卡拉查罗沃村传说是穆罗梅茨的老家所在。

耀都毁在它身上，为了这没用的畜生付出了超乎寻常的代价，牵它出来只是看在它漂亮的分儿上……现在他还沉浸在欣喜之中，因为他的坦克列德没有失掉自己的尊严，又把一位骑手赶下去，因此还为自己博得了新的蠢名声。

"怎么，您不去吗？"金发女子大喊，她非要让她的殷勤男伴这次来陪她，"难道您胆怯了吗？"

"确实如此！"年轻人回答。

"您说真的吗？"

"听我说，难道您是想要我摔断脖子吗？"

"那您赶快上我的马吧，别怕，它温驯得很。我们不会耽搁的，立刻换马！我来试试骑您的马，坦克列德不可能总是这么粗鲁。"

说到做到！这个调皮的女孩才从马鞍上跳下来，就已经站在我们面前讲完最后一句话。

"要是您以为坦克列德会让您那没用的鞍座套在它身上，那您可就不了解它了！而且我也不会任您去摔断脖子，那就真的太遗憾了。"我们的主人说，他在心里得意的时候，习惯把自己言谈中本来就做作和拿手的粗俗话甚至粗鲁话讲得更是做作，这在他看来，是让大家认识他这个好心人、这个老兵，尤其应该受到女士们喜欢。这是他古怪的幻想之一，据我们所知是他最偏爱的说话伎俩。

"喂,爱哭的孩子,你不想试试看吗?你那么想去。"大胆的女骑手看到我便说,并且嘲弄地用头指了一下坦克列德——她只是为了不想从马上下来却白跑一趟,谁叫我自己疏忽,正巧被她看见,她不会不留点刻薄话给我的。

"你想必不是像那种……嗯,有什么好说的呢,就是那种有名的英雄,你羞于表现胆怯,尤其是当人家看着你的时候,美丽的少年侍从。"她瞥了M女士一眼补充说,M女士的马车是离屋前台阶最近的一辆。

当漂亮的女骑手走近我们并想要去骑坦克列德的时候,我满腔恨意和复仇的欲望……但我无法描述我面临这种捣蛋鬼的突发挑衅时的感受。当我察觉她在看M女士的时候,我似乎头昏眼花了。这一瞬间我脑袋里激起了一个念头……对,这其实只有一瞬间,比一瞬间还短,像火药爆炸似的,不然就是超出了容忍的极限,此时心情重新振作起来让我突然感到愤慨。所以呢,我突然想要马上打死我所有的敌人,为了一切当众向他们复仇,让他们看看我是个什么样的人物,或者还有,在这一瞬间,某个人用某种奇特的方式教会了我至今连皮毛都不懂的中世纪历史,因此在我发晕的脑袋里,闪过骑士比武、英勇骑士、英雄、美丽的女士、荣誉和胜利者,听见报信的喇叭声、长剑的叮当响、群众的叫喊喧哗,然后在所有这些呼喊中,有一声来自受惊的心的怯弱呼喊,它比胜利和荣誉更美妙地满足自尊心——我真不知道,那时候我的脑袋里是否有过这些胡说八道，或者更确切地说，预感到即将出现的这些不可避免的胡说八道，但我只听见该我上场的时刻到了。我的心往上一蹦，颤抖了一下，我自己真不记得我是怎么一个纵身就从台阶上跳下去，现身在坦克列德旁边的。

"那您以为我害怕了吗？"我大胆又骄傲地喊了一声，由于激动而头昏眼花，紧张得喘不过气来，脸红得泪水都烫着了我的脸颊。"您这就看吧！"—— 在大家还来不及做任何动作阻止我之前，我就手抓坦克列德的鬃甲，脚踏上马镫，但这一瞬间坦克列德腾起前蹄，昂起头来，猛力一跳从发愣的马夫手中挣脱，然后如旋风似的飞奔出去，所有人只能惊声尖叫。

上帝才知道，我是怎么在快马飞驰中把另外一只脚跨过马背的，我也不知道，我怎么会没丢掉缰绳。坦克列德把我带到栅栏大门外，急转向右，没认清楚路就胡乱沿着围篱边跑去。就在这一瞬间我清楚地听到身后约有五十个声音在呼喊，而这呼喊在我那停止跳动的心中激起的那种得意与骄傲的感受，让我永远不会忘记我童年生活的这一个疯狂时刻。血液直冲我的脑袋，把我吓昏了，也淹没、压抑了我的恐惧，到了一种忘我的地步。的确，现在一想起来，整件事好像真的有点骑士精神的味道。

不过，我全部的骑士精神从开始到结束一转眼就过去了，不然的话骑士可就糟糕了。而且，我不知道自己是怎么得救的。骑马呢，我是会的，人家教过我。但是我的那些德国马，与其说是骑乘马,不如说更像绵羊。毫无疑问,只要坦克列德有时间把我给抛下,我肯定会从它身上摔落下去,但是跑过五十步之后,它突然被路边的一块大石头吓到了,往后一闪。它一个急转弯,来得那么急,正如常言道——冒冒失失的,我到现在也不明白,我怎么没有像个小皮球似的从马鞍上弹出去,飞出三俄丈[1]外,没有摔得粉身碎骨,而坦克列德也并没有在这个急转弯中弄伤自己的蹄子。它回头奔向大门,暴怒地摇着头,东跳西跳,疯狂得像酒醉似的,抬腿在空中乱踢,每一次跳跃都想要把我从马背上摇晃掉,简直就像有只老虎跳到它身上,并用尖牙利爪抓住了它的肉。再过一瞬间,我应该就会飞出去,我就要坠马了,但是已经有几位骑手飞奔过来救我。其中两位把通往田野的路拦住,另外两位策马跑来,靠得近到几乎压着了我的脚,用他们的马从坦克列德两侧包围挤过来,接着两人就抓住了它的缰绳。几秒钟后,我们回到了台阶前。

我被带下马来,脸色苍白,几乎没了气息。我全身发抖,像风中的一棵草,坦克列德也一样,它站着,全身往后靠,动也不动,仿佛马蹄都钻入了土里,从喷气的红色鼻孔中沉重地呼出炽热的气息,全身像叶子似的微微发颤,仿佛因为一个小孩不受责罚的放肆行为而受辱,感到愤恨,所以愣住了。我的周围响起了

---

[1] 俄国旧时长度单位,一俄丈大约二点一三米。

一阵惊慌又害怕的叫喊声。

这一刻,我迷惘的目光对上了M女士的眼神,看到焦急又苍白的她——这一瞬间让我无法忘怀——我立刻满脸通红,泛起了红晕,烧得像火似的。我真不知道该怎么办,但是,因自身感受而困窘又惊慌的我,却羞涩地低下头看着地上。不过我的目光被注意到了,被察觉到了,被偷偷看到了。所有人的眼睛转向M女士,而她被众人的目光出其不意地碰上,突然间像个孩子似的,因为某种不由自主却又单纯的情感而脸红了起来,并且费力地,尽管相当不成功,她还是设法用笑来强掩自己的脸红……

这一切如果从旁边来看,当然非常可笑,但在这一瞬间,一个非常天真又出乎意料的放肆行为,把我从众人的嘲笑中拯救了出来,为这整个事件添上了一抹特殊的色彩。一切混乱的罪人,是我那位到现在都不肯和解的敌人,也是我美丽的女暴君,突然冲过来抱我亲我。她看着我,无法相信自己的眼睛,刚才的我竟敢接受她的挑战,捡起了她瞟了一眼M女士之后扔给我的手套[1]。当我骑在坦克列德背上飞奔时,她为我担惊受怕,愧疚得要死。现在,当一切都结束,特别是当她跟其他人一起察觉到我投向M女士的目光、我的困窘、我突然的脸红时,还有当她成功地以她肤浅脑袋中的浪漫倾向,给这一瞬间赋予了某种新颖的、隐藏在

---

[1] 当时流行于欧洲的决斗潜规则,扔出手套给对方表示提出挑战,捡手套则是接受挑战。

心里而无须多言的想法时——现在，在这一切过后，她因为我的"骑士精神"感到如此欣喜，因而冲过来将我紧紧拥在怀里，她深受感动，为我骄傲，心情愉快。一分钟过后，她对聚集在我俩身边的所有人抬起了她那最天真、最端庄的小脸蛋，脸上颤颤闪耀着两颗小小的晶莹泪珠，并用一种从来没听她用过的严正语气，指着我说："这可是非常严肃的，先生们，别笑了！"[1]——她没发现站在她面前的所有人都像是着了迷似的，欣赏着她那份欢喜愉快。她这意外而明快的举动，这严肃的小脸蛋，这股单纯的天真，在她总是嘲笑人的眼中含着的这些至今让人意想不到的真诚眼泪，落在她身上却成了出人意料的怪事，以至于站在她面前的所有人，都好像被她的眼神、伶俐又热烈的言辞和姿态弄得兴高采烈。似乎没有人可以挪开眼睛不看她，担心错过她热情洋溢的脸上这个罕见的时刻。甚至连我们的主人都脸红得像郁金香似的，似乎有人确信听到他后来承认说"他真惭愧"，他在那一瞬之间几乎要爱上这位美丽的客人。嘿，毫无疑问，在这之后我就成了骑士、英雄。

"德罗热！托根堡！"[2] 周围传来呼喊。

响起了一片掌声。

---

[1] 原文用法文"Mais c'est très sérieux, messieurs, ne riez pas！"——俄文版编注

[2] 分别是德国作家席勒的叙事诗《手套》(*Der Handschuh*) 和《骑士托根堡》(*Ritter Toggenburg*) 中的主角，都是无畏而忠诚的骑士。——俄文版编注

"哎呀,这才是未来的一代!"主人补充说。

"但是他要去,他一定要跟我们去!"美女大喊,"我们会找到,也应该要找到位子给他。他坐在我旁边,坐在我的腿上……也不行,不行!我错了!……"她哈哈大笑起来,想起我们最初相识的情景就忍不住要笑,然后改口。但是哈哈笑的同时,她也温柔地抚着我的手,尽可能地抚慰我,以免让我感到屈辱。

"一定!一定!"好几声附和着,"他应该去,他帮自己赢得了一个位子。"

转眼间事情就定了。一位最年长的老处女,就是当初把我介绍给金发女子的那位,立刻就被所有的年轻人接连要求留在家里,把位子让给我,她懊恼无比却不得不同意,她嘴上微笑,心里却恨得暗自抱怨。她常伴左右的保护者,就是我过去的敌人和刚刚交上的美女朋友,正要乘快马奔驰而去时对她大喊,并像小孩子似的哈哈大笑着说,真羡慕她,自己也宁可乐得跟她待在家里,因为马上就要下雨了,我们全都会淋湿。

而她准确地预测了下雨。一小时之后下起了一阵大暴雨,于是我们的游玩就泡汤了。我们不得不在乡村农舍连等上好几个钟头,晚上过了九点才在雨后湿答答的时候回家。我感到有点不舒服,开始忽冷忽热。就在将要坐上车出发的那一刻,M女士过来找我,很惊讶我只套了一件短外衣,脖子露着。我答说来不及拿斗篷出来。她拿了别针,把我衬衫的翻折衣领拉高别起来,从自己脖子上取下一条鲜红色的薄纱领巾，围在我的脖子上，以免我的喉咙着凉。她的动作那么匆忙，我甚至还没来得及感谢她。

但是回到家之后，我在小客厅找到了她，她跟金发女子和一位脸色苍白的年轻人在一起，就是今天因为害怕骑上坦克列德而博得好骑手名声的那位。我过去感谢她，交还领巾。但现在，历经冒险后，我好像觉得有点不好意思，我更想回到楼上，在那里花上些时间把一些事情好好想一想、考虑一下。我的情绪澎湃。交出领巾时，我又像往常那样面红耳赤。

"我打赌，他想把领巾占为己有，"年轻男子笑着说，"从他的眼睛明显看得出来，他舍不得跟您的领巾分开。"

"正是，正是这样！"金发女子附和，"好一个家伙！啊！……"她明显懊恼地摇摇头说着，但是在M女士严厉的目光下她便及时住口，M女士不想让玩笑开得太过分。

我赶紧走开了。

"好了，你也真是的！"捣蛋鬼在另一个房间追上了我，友善地抓住我的双手说，"如果你这么想要拥有这领巾，那你就应该不要还。你就说不知道放哪里去了，不就结了。你真是的！连这都不会！好一个可笑的人！"

这时候她用指头轻轻弹我的下巴，笑我脸红得像罂粟花似的。

"我现在可是你的朋友了——是这样吧？我们的敌对关系结束了是吧？是不是呀？"

我笑起来，默默地握住她的手指。

"好了，就是这样！……你现在为什么这么苍白还发抖？你发冷吗？"

"对，我不舒服。"

"啊，小可怜！这是因为情绪太激动了！知道应该怎样吗？最好去睡觉，不要等着吃晚饭了，过一个晚上就好了。我们走吧。"

她带我上楼后，对我的照顾似乎还没结束。她留下我换衣服，自己跑下楼去，帮我弄好茶，亲自端来给我，那时候我已经躺下来了。她还帮我拿了暖被来。这一切的照顾和关心，令我非常震惊又感动，也或者我是因为这一整天的事、出游和忽冷忽热，心情才会这么激动。但是，跟她道别时，我热情地紧紧拥抱她，像是和最要好、最亲近的朋友一样，而就是这时候全部的情绪一下子涌到我那脆弱的心头，我紧紧靠在她胸前，差点没哭出来。她发现我的情绪激动，我这位调皮的女孩自己也似乎有点感动了……

"你是个很好的孩子，"她用平和的眼神望着我喃喃说着，"还请不要生我的气，好吗？你不会吧？"

总之，我们成了彼此最要好、最忠诚的朋友。

我醒来的时候天色还相当早，但是灿烂阳光已经洒满了整个房间。我从床上跳起来，身体完全康复又精神奕奕，就好像昨天没生过病，倒是觉得有一股说不出的快活。我想起昨天的事情，感觉要是我在这一刻可以像昨天那样与我的新朋友，也就是跟我们的金发美女相互拥抱的话，那我愿交出所有的幸福。但是时间还很早，大家都在睡觉。我匆匆穿了衣服，往花园走，从那里再往树林去。我钻进了绿意更浓、树脂味更浓的地方，映在那里的阳光更是令人愉快，光线随处穿透浓雾般的茂密林叶而显得一片欢腾。这是个美好的早晨。

不知不觉中我走得越来越远，最后从树林的另一边走出来，快到莫斯科河了。它在前方大约两百步的山脚下潺潺流着。河的对岸有人在割干草。我看得出了神，看那割草人每一次的挥刀，整排的利刃整齐地挥洒着亮光，随即忽然又消失，像火蛇似的，仿佛藏到哪里去了；看那一团团浓密油亮的青草，从根部被切断飞落一旁，堆在又直又长的垄沟中。真不记得我花了多少时间在静静观察，忽然间我清醒过来，在离我大概二十步远的林间道，就是从通往老爷家的大路横穿过来的那条，我清楚地听到马的嘶叫，以及不耐烦地用马蹄掘土的声音。我不知道，是骑手过来停马的那一刻我才听到这匹马呢，还是嘈杂声早就传到我耳边，只不过白白从我耳边搔过，没能唤醒沉浸在想象中的我。我好奇地走进树林，没走几步路就听到说得很快却低沉的话声。我走得更近一点，小心地拨开围着林间道最外边的树丛枝叶，我立刻惊讶地向后跳了一步：我眼前闪过一件熟悉的白色连衣裙，而心中响起一个女性的轻声细语，好似音乐一般。这是M女士。她站在骑手旁，马上的那人匆忙跟她讲话，令我惊讶的是，我认出马上的人是N先生，是那位早在昨天清晨就离开我们的年轻人，为了给他送行，M先生还那么费心奔走。但那时候听别人说，他要离开到某个很远的地方，到俄罗斯南方去，因此看到他这么早又出现在我们这里，而且独自跟M女士在一起，教我非常惊讶。

她既兴奋又激动，我还从未见过她这样，她的脸颊上还闪着泪水。年轻男子从马鞍上俯身，握着她的手亲吻。我正巧碰上的是已经要分手的时刻。他们似乎行色匆匆。最后他从口袋里掏出一个封缄的信封，交给M女士，他单手拥抱她，跟之前一样没有下马，然后热烈地亲吻了好久。一转眼，他拍了一下马，像支箭似的从我身旁奔驰而过。M女士目送他好几秒钟，然后若有所思又沮丧地往回家的路走去。但是沿着林间道没走几步，她突然好像清醒了过来，赶忙拨开树丛，穿过树林走去。

我跟在她后面走，对于刚才眼前所见又惊又慌。我的心好像因为惊吓而剧烈跳动。我好像麻木地呆住了，又似茫然不知所措。我的心思零落纷乱，却记得我不知道为什么感到悲哀极了。在我面前的绿树林隙，偶尔闪现她的白色连衣裙。我无意识地跟在她后面，不让她离开我的视线，但又战战兢兢，避免她发现我。她终于走了出去，到了通往花园的小路上。我等了大约半分钟，也走了出去，但真是教我惊讶，在小路的红色沙土上我忽然发现了那封信，我一眼就认了出来，这就是十分钟前M女士收到的那封信。

我把它捡了起来：两面都是空白，没有写任何字，信封看起来并不大，但塞得满满的，沉甸甸的，里面像是放了三张以上的信纸。

这封信表示什么？毫无疑问，所有的秘密可以借此搞清楚。或许，其中可证实N先生在这匆匆会面短时间之内不想说出口的事。他甚至没有下马……他是否急着离开，或可能担心自己在道别那一刻改变心意——上帝才知道……

我停下脚步，没走到小路上，而是把信封朝她走的那边最显眼的地方扔过去，眼睛仍盯着信封，设想M女士发现弄丢了东西，会折回来找。但是等了四分钟我就忍不住了，又把那捡来的东西拿起来，放进口袋，上前去追M女士。追上她的时候已经到了花园里，在大林荫道上，她直接往回家的方向走，步伐又快又急，但想着心事，眼睛低垂看着地面。我不知道该怎么办。要走过去交还给她吗？这表示说，我知道一切，看见了一切。我可能头一句话就言不由衷了。那我以后会怎么看待她？她又会怎么看待我？……我一直期待她会冷静下来，发现东西丢了去找一找，走原路回来。到时候没被察觉到的我，就可以把信封扔到路上，她就可以找回它。但是没有！我们就快到家了，她已经被大家看到了。

这天早上，好像有意刁难似的，大家几乎都很早起来，因为昨天那趟不成功的出游的关系，便有意来一趟新的行程，这是我所不知道的。大家准备出发，在露台上用早餐。我等了十分钟，为了不让人看到我跟M女士在一起，我绕过花园走，从另外一边走出去再回家，这样就会落在她后面相当远。她在露台上走来走去，脸色苍白，神情焦虑，双手交叠在胸前，从种种迹象看来，她明显在克制自己，并强压着自己痛苦又绝望的哀愁，这在她的眼神、步态和一举一动中都可以看得出来。她偶尔从阶梯上走下来，在往花园方向的花坛之间走几步，她的目光不耐烦、贪婪，甚至不再顾虑地，在小路的沙土上和露台的地板上搜寻着什么东西。毫无疑问，她发现东西丢了要去找，她似乎认为信封是在这附近丢的，在家附近——对，是这样，她相信这点！

好像有人，随即还有其他人，发现她脸色苍白、神情焦虑。关心健康的问候和令人遗憾的叹息纷纷传来，她只能开开玩笑敷衍过去，要笑一笑，要显得一副开心的样子。偶尔她看看站在露台另一端的丈夫，他在跟两位女士聊天，而一模一样的颤抖和慌张笼罩着这个可怜的女人，情况就像丈夫刚到这里第一晚那时候一样。我把手插进口袋，将信封紧紧握在手中，我站在离大家稍远的地方，祈求命运让M女士看见我。我想要鼓励她、安慰她，哪怕只是用眼神也好，想悄悄跟她说一下话。但是当她偶然朝我看一眼的时候，我却打了一战，目光低垂。

我看见了她的痛苦，而且我没弄错。我到现在还不清楚这个秘密，除了我亲眼所见和我现在所说的事情之外，我什么也不清楚。他们那种关系，或许不是像一眼看见就能认定的那样。或许，那个吻是离别之吻，或许，那个吻是对她为了保有平静和名节而牺牲的最后一次微薄的奖赏。N先生离开了，他留下了她，或许是永远。还有，就连我手中拿的这封信，谁知道它里面写了什么？该如何评判？谁又能批评？而同时间，这毫无疑问，突然揭发秘密可能会造成她一生的悲剧，使她大受打击。我还记得她那一刻的脸庞：不能再继续痛苦下去了。去感觉，去认知，去相信，去等待，都像是给她的各种极刑，结果在一刻钟之后，或一分钟之后，都可能会全被揭露出来。要是信封被某人发现，捡了起来，封面没有写字，别人可以拆开来，到时候……到时候就怎样？还有什么样的刑罚比等着她的这种更可怕？她是徘徊在自己未来的审判者之间。一分钟之后，他们微笑谄媚的脸将会变得严酷无情。她将在这些脸上看到嘲笑、愤恨和冷漠的轻蔑，然后她的生命将面临一个恒久无明的夜晚……是的，这是我现在对此事的思考，那时候我并不了解所有情况。我只能猜测、预想和操心她是否有危险，是什么危险我也搞不太清楚。但是，不论她的秘密是什么——那些被我亲眼看见且令我永远难忘的悲痛时刻，都是对许多事情的救赎，只要是有什么需要救赎的话。

但这时候传来准备出发的欢欣呼唤，所有人高兴得乱成一团，处处传来欢快的谈笑声。两分钟之后，露台就空了。M女士推辞不去，最后她坦承是身体不舒服。不过，感谢上帝，大家出发了，匆匆走了，所以就没工夫用抱怨、探听、劝告来烦人了。有少数人留在家里。丈夫跟她说了几句话，她回答，今天就会好一点了，要他别担心，她没有要躺下休息，会去花园走走，她一个人……还有我……这时候她朝我看一眼。没有什么能比这个更令人感到幸福了！我高兴得脸红了起来，一分钟后我们就在往花园的途中了。

她沿着同样的林荫道、小路、小径走去，沿着前不久从树林返回的那些路，她本能地回想自己曾走过的路径，专注看着自己的前方，视线不离地面搜寻着，没有理我，或许，她忘了我跟她走在一起。

但是当我们快走到那个我捡到信封的地方，小路到了尽头，M女士突然停了下来，用虚弱、忧愁得哽咽的声音说，她觉得更难受了，她要回家。但是走到花园围篱的时候，她又停下来，想了大概一分钟，她嘴边露出一个绝望的微笑，随后，这个虚弱又疲惫的女人，下定决心，完全妥协了，她便默默折回先前那条路，这次甚至忘记要先跟我说一声……

我忧愁得心碎难受，不知道该怎么办。

我们继续走，或者更确切地说，是我带她到一个钟头前我听到马蹄声和他们交谈的那个地方。在那里，靠近茂密的榆树旁，有一张用整块巨石雕成的长凳，周围缠绕着常春藤，地上长着野茉莉和蔷薇（这整片小树林散落着一座座小桥、亭子、岩洞等令人惊奇的玩意儿）。M女士坐在长凳上，对我们面前展开的美妙风景无意识地看了一眼。一分钟后她摊开书本，盯着书动也不动，既没翻页也没阅读，几乎不明白自己在干什么。那时候已经九点半。太阳高高升起，在我们上方碧蓝深邃的天空中闪耀地浮动，仿佛在自身的火热之中熔化。割草人已经走远，他们的身影从我们这岸望去几乎快看不见了。在他们身后令人厌倦地蔓延着无尽的垄沟，上面铺着割掉的草，有时候阵阵微风给我们捎来一丝丝割草后的芬芳气息。四周响起鸟儿绵绵不息的演奏会，它们"既不收割也不播种"[1]，却像被它们跃动的翅膀所劈开的气流一样任性自在。似乎在这一瞬间，每一朵花，每一棵没用的草，都绽放着舍己的芬芳，并对自己的造物主说："天父啊！我美满又幸福！……"

我看了一眼这可怜的女人，她一个人在这整个欢乐生活之中像个死人似的，因剧烈心痛而耗蚀出的两颗大泪珠，挂在她睫毛上动也不动。我有能力让这颗可怜又停息的心活跃起来、幸福起来，只是我不知道，该如何靠近，如何踏出第一步。我痛苦难受。有上百次我竭力要走近她，每一次都有种拦不住的感觉把我困在原地，每一次我的脸都像是火在烧似的。

---

1 语出《圣经·马太福音》第六章第二十六节："看那天上的飞鸟，也不种，也不收……"（引自联合圣经公会之《新标点和合本》）。——俄文版编注与译注

突然间有一个清楚的想法让我醒悟了过来。办法找到了，我有望了。

"要不要我去帮您摘一束花！"我用这么高兴的语气说，M女士因而突然抬起头来，专注地看着我。

"去摘来吧。"她终于声音微弱地说，稍微笑了一下，又立刻低下目光看书。

"不然，等别人来这里割草，恐怕就没有花了！"我大喊，快乐地出征去。

我很快采了一大束花，看起来很简陋。要是拿它进房间还真让人没面子，但是当我摘好绑着这束花的时候，我的心却跳得多么快活！蔷薇和野茉莉是我在原地就摘到的。我知道不远处有一片成熟的黑麦田。我跑去那里找矢车菊，把它们跟我选出的最金黄饱满的、长长的黑麦穗混在一起。就在那里不远处，我偶然发现了一整丛的勿忘我花，我这束花就开始丰富了起来。接着，我在田野上找到蓝色的风铃草和野石竹，而黄色的水莲花则是跑到河岸边找的。最后返回原地时，我绕进了树林，为了要弄到一些鲜绿色的掌形枫叶来缠上花束，在那里意外发现了一整簇的三色堇，很幸运的是，在那儿附近，还有一股三色堇的香气，把藏在鲜嫩茂密草丛中的那朵花给暴露了出来，它整株仍布满着晶莹的露珠。花束准备好了。我用细长的草捻成绳子将花束重新捆好，然后小心地把信封插进去，用花朵遮住——但这样，哪怕只是稍稍留意一下，也很可能会发现信封。

我把花束拿去给M女士。

路上我觉得信封放得太显眼了，就多遮住了一些。走得更近时，我把它往花朵里推得更紧密些，最后就快到目的地时，我突然把信封塞进更深处，从外面就什么都看不出来了。一股火热的激情让我整张脸发红。我好想用手掩住脸，立刻跑开，但是她看了一眼我的花束，就好像完全忘了我是去采花的。她无意识地，几乎没看就伸手来拿我的礼物，但随即把它放在长凳上，好像我给她花束就只是为了这样而已，然后她又低头看书，好像有点心神恍惚。我因为没办成事，就快要哭了。"但只要我的花束在她身边就好，"我心想，"只要她没忘记花束就好！"我到不远的草地上躺下，头枕在右手上，闭上眼睛，像是忍不住想睡的样子。但是我的目光没离开她，一直等待着……

过了十分钟，我觉得她脸色越来越苍白……忽然间，有个大好机会帮了我的忙。

是一只金色的大蜜蜂，一阵美妙的和风将它吹来，带给我好运。起先它在我头上嗡嗡作响，后来往M女士面前飞去。她用手挥开一两次，但蜜蜂好像故意似的，更令人讨厌地停在那里不走。最后M女士抓起我的花束，在面前挥了一下。这一瞬间，信封从花束中掉了出来，恰好落在摊开的书本上。我颤抖了一下。M女士有好一阵子惊讶得说不出话，一会儿看看信封，一会儿看看手里拿的花束，然后她似乎不相信自己的眼睛……突然间她脸红了，迅速泛起红晕，并且看了我一眼。但我已经察觉到她看过来的目光，紧闭双眼，假装睡着了，无论如何我现在都不想直视她的脸。我的心就要停了，怦怦跳着，好像一只小鸟落入了乡下鬈发小男孩的手掌中那般情景。我不记得闭上眼睛躺了多久，或许两三分钟。最后我鼓起勇气睁开眼睛。M女士贪婪地读着信，然而，从她通红的双颊，从泪光闪烁的眼神，从开朗的表情中，她的每个轮廓线条都因快乐的感受而震颤着，我便猜到在这信中有她要的幸福，而她所有的哀愁都如烟似的消散一空了。一股令人痛苦的甜蜜感钻进了我的心，装模作样让我感到沉痛……

我永远忘不了这一刻！

突然间，离我们还很远的地方传来话声：

"M女士！娜塔莉！娜塔莉！"

M女士没回答，但很快从长凳上站起来，走到我面前俯身向我。我感觉到她直盯着我的脸。我的睫毛颤动了起来，但我强忍住不睁开眼。我努力呼吸得更沉着、更平静些，但是心里慌张的撞击让我快要窒息。她火热的气息灼烧着我的脸颊，她越来越俯身靠近我的脸，仿佛要检视它。最后，亲吻和泪水落在我的手上，落在我放在胸前的那只手上。她还吻了两次我的手。

"娜塔莉！娜塔莉！你在哪里？"再度传来话声，已经离我们很近了。

"马上来!"M女士说,她的嗓音浑厚嘹亮,却因流泪而失声颤抖着,因此音量小到只有我一个人听见,"马上来!"

但这一瞬间我的心终究背叛了我,似乎让我满脸血脉偾张。在这同一瞬间,一个迅速火热的吻烧烫着我的双唇。我无力地惊呼一声,睁开眼睛,但眼前立刻落下了昨天她那条薄纱领巾——她似乎想用这领巾帮我遮阳。转瞬间,她已经不见了。我只听到匆忙离开的脚步沙沙作响。留下我单独一人。

我掀开眼前的领巾,亲吻着它,欢喜莫名得浑然忘我,有好几分钟我像是疯了似的!……稍稍喘了口气,我手肘支在草地上,不自觉地呆呆望着眼前四周被田地点缀得花花绿绿的丘陵,望着蜿蜒环绕丘陵而远去的河水,就目光所及,水流弯曲绕行在一座座新的丘陵和村落之间,它们忽明忽暗,有如天光沐浴下远方的暗点,我望着那些几不可见、仿佛在火红天边冒着烟的暗蓝森林,似乎有一种甜美的、仿佛被眼前景色中壮丽的宁静给引来的安详,渐渐地抚平了我骚动的心灵。我感到轻松了些,我喘息得更自在了些……但是我整颗心不知怎的又闷又甜的,疲惫不堪,仿佛因为觉悟到了什么,又仿佛因为有什么预感。好像有个什么东西,被我那颗期待得微微颤抖的、惊慌的心,既羞又喜地猜到了……因此,突然间我的胸膛摇摇晃晃,隐隐作痛起来,似乎被某个东西穿透了,然后,泪水,甜蜜的泪水从我的眼中喷了出来。我双手掩面,全身抖得像一棵小草,不由自主地沉浸在这心灵的初次体验和新鲜领会中,沉浸在我本性中第一次、仍暧昧不明的觉悟中……我最好的童年时光在这一瞬间结束了……
……

两个小时后,我回到家中,那时候已经找不到M女士了,她因为某个突发的事件跟丈夫去莫斯科了。我从此就再也没见过她。

# 一个可笑的人的梦[1]

幻想短篇小说

一

我是个可笑的人。他们现在叫我疯子。这可是在头衔上晋升了,要是我至今对他们来说表现得不像以前那么可笑的话。但现在我可没生气,现在他们都对我很亲切,连他们笑我的时候也一样——那时候不知道为什么他们甚至显得特别亲切。我真想跟他们一起笑——不是要笑自己,而是去爱他们,要是我看他们的时候不觉得这么悲哀的话。悲哀是因为他们不知道真理,而我知道。唉,一个人知道真理是多么沉重呀!但他们不会了解这点。不,不会了解。

---

[1] 原作发表于《作家日记》一八七七年四月号。陀思妥耶夫斯基对普希金的《黑桃皇后》、果戈理的《彼得堡故事》、奥多耶夫斯基的《俄罗斯之夜》,以及爱伦·坡和霍夫曼的作品中的幻想特质有高度评价,这篇小说不仅在体裁形式上,更在本质上彻底发挥幻想。——俄文版编注

而从前我非常忧虑，因为我看起来很可笑。不是看起来，而是我就是。我从前总是显得可笑，或许，我从一出生就知道这点。或许，我是在七岁的时候才知道我可笑。然后我去上小学、中学，然后上大学，怎么着——我学得越多，就越是了解我很可笑。因此对我来说，我在大学所有的学习仿佛只是为了一个结果，要向我证实并说明，我学得越是深入，就越是知道我很可笑。生活上也跟求学很相似。同样一个认知在我心里一年年滋长并得到坚信，那就是在各方面我的模样都很可笑。大家都嘲笑我，而且总是如此。但是他们没人知道，也猜不到，如果地球上有一个人比所有人更清楚我很可笑的话，那这个人就是我自己，这点他们没搞清楚，让我觉得最难堪的正是这个，但这是我自己的错：我总是这么骄傲，无论如何也从来不肯向任何人承认这点。这种骄傲在我心里一年年滋长，假如发生这样的事——无论在谁面前我都让自己承认我很可笑，那么我觉得，我会立刻在当晚用左轮枪打烂我的脑袋。啊，我在少年时期多么痛苦——那时我忍受不住，突然间就会随随便便向同学承认我很可笑。但是从青少年那个时候开始，我就一年比一年更清楚地认识到我的可怕性格，却不知道为什么我变得更平静了些。的确是不知道为什么，因为我到现在还不能确定为什么。或许，因为在我心里滋长着可怕的忧虑，担心一种已经远远超乎我想象的情况，这就是——有一个我偶然发现的信念，就是世界上到处都无所谓。

我很早就预感到这点,但是到最近一年不知怎的才突然完全相信。我突然感觉到,无论世界存不存在,或假使任何地方什么都没有,我也都无所谓。我费尽全身之力,感知察觉到我身上什么东西都没有。刚开始我总觉得,从前还是有很多东西吧,但随后我领悟到,从前也是什么东西都没有,只是不知道为什么觉得好像有罢了。渐渐地,我确信,以后也永远不会有什么了。那时候我就突然不再对人们生气,而且几乎不去注意他们。真的,这甚至表现在最细微的琐事上:比如说,我有时候走在街上会不小心撞到人。并不是因为要想事情,我有什么好想的,那时候我完全停止思考了,是因为我都无所谓。要是我解决了问题也就罢了,啊,我连一个都没解决,那有多少个问题呢?但是我觉得都无所谓,因此所有的问题就不见了。

看,就在这之后,我认识了真理。我是在去年十一月认识真理的,确切地说是十一月三日,从那个时候开始我就记得我的每一个瞬间。那是在一个阴森的,极尽可能最阴森的一个夜晚。那时我晚上十点多回家,我记得,当时的我还想,真是不可能有更阴森的时候了。甚至在物理现象上也不可能。雨下了一整天,而且是最冷最阴森的雨,甚至还像是带点威胁的雨,这我记得,那雨带有明显的敌意朝人们落下,而此时突然间,十点多雨停了,开始有一股可怕的湿气,比下雨的时候还更湿更冷,然后所有东西都冒出了好像是水汽什么的,从街上的每一个石块里冒出来，要是从街上望一望每条小巷最深处，或更远一些的地方，也都冒着水汽。我突然想象，假如各处的煤气灯熄灭了，那么会让人更愉快，有煤气灯的话，心里就觉得忧愁许多，因为灯照亮这一切。我这一天几乎没吃饭，晚上刚开始的时候我待在一位工程师那里，他那里当时还有两个朋友。我一直沉默，似乎是我让他们觉得烦了。他们说了些挑衅的话，甚至突然间激动了起来。但是他们都无所谓，这点我看得出来，他们最多也不过就是这么激动。我突然对他们明白说出这点："先生们，我说啊，你们还不是都无所谓。"他们并不见怪，反而还嘲笑我一番。这是因为我说的时候并没有丝毫责备，也只是因为我都无所谓。他们也看得出来我无所谓，也就高兴了起来。

当我在街上想着煤气灯的时候，就朝天空望了一眼。天空暗得可怕，但可以明显地看出断断续续的云朵，而在它们之间有一些暗不见底的斑点。突然间我在其中一个暗点之中发现了一颗小星星，我就专注地盯着它。之所以这样，是因为这颗小星星让我产生了一个想法：我打算在这个夜晚杀死自己。这事在两个月之前我就有了坚定的打算，尽管我非常穷，但还是去买了一把漂亮的左轮手枪，当天就装填好了子弹。但是已经过了两个月，手枪还放在抽屉里，可我却无所谓到这种地步：想等到哪天不这么无所谓的时候，终究会找出时间的——这样是为什么？我不知道。于是就这样，在这两个月，我每天夜里回到家就想开枪自杀。我一直在等待时机。此刻这颗小星星给了我想法，因此我确定，一定就是在今晚。而为什么小星星要给我想法——我不知道。

就在我望着天空的时候，突然间被一个小女孩抓住手肘。街道已经空荡荡，几乎没有什么人。远处有一个车夫在马车上睡觉。小女孩大约八岁，头戴小方巾，身穿连衣裙，全身湿透了，但是我特别清楚地记得她那双湿湿的破皮鞋，到现在还记得。那双鞋格外清晰地闪现在我眼前。她突然拉着我的手肘并呼喊。她没有哭，但不知怎的断断续续喊着一些话，她没办法好好说出来，因为她整个人打着冷战微微发抖。她不知道为了什么担心害怕，并绝望地喊："妈妈！妈妈！"我本来要转过脸看她，但一句话也没说就继续向前走。但她追来拉着我，在她的叫喊中有一种声音，那是惊恐异常的孩子身上特有的绝望。我认得这种声音。虽然她连话都没说完，但我了解，她的妈妈在某个地方就要死了，或是她们那边发生了什么意外，所以她跑出来叫人，并找点什么可以帮助妈妈的东西。但我没有跟她过去，我反而突然冒出了想赶她走的念头。我起先跟她说，要她去找警察。但她突然放下双手，哽咽得喘不过气，然后又在旁边跟着跑，不离开我。就在那时候我对她跺了跺脚，大吼了一声。她只喊出："老爷，老爷！……"但她突然间就丢下我，急忙穿越街道而去：那里看来也有一个路人，因此她大概是离开我向他冲过去。

我从楼梯上到我所住的第五层楼。我在房东家分租房间住，这里有好几间房。我的房间简陋狭小，窗户是阁楼用的半圆形样式。我有一张漆布沙发、堆了一些书的桌子、两张椅子和一张旧得不能再旧的安乐椅，但这可是一张伏尔泰椅。我坐下，点燃蜡烛，开始想事情。在隔壁房间里，墙的那边继续吵吵闹闹。从前天开始就一直这样。那边住了一位退伍大尉[1]，还有一些客人——大概有六个浪荡子，他们喝伏特加，用旧式纸牌来赌史托斯[2]。昨天晚上发生过打斗，我知道其中有两个人揪住彼此的头发很久。女房东一直想检举，但是她怕大尉怕得要命。我们这里其他的房客还有一位身材瘦小的女士，是某位团级军官的妻子，外地人，带着三个患病卧在房里的小孩。她和小孩都怕大尉怕得要晕倒，常常整晚都在发抖，在胸前画十字，最小的孩子还曾因为害怕而发了不知道什么病。这个大尉，我大概知道一点，他有时候会在涅瓦大道上拦住路人讨钱。没有一个地方请他上班，但是有件怪事（我本来就是要说这件事），一整个月来，自从大尉住到我们这里之后，没有引起我任何不快。起先我当然避免去跟他结识，初次见面后连他自己也觉得跟我在一起很无聊，但是无论他们在墙那头怎么叫，无论他们那边有多少人——我总是无所谓。我整晚坐着，真的，我听不见他们说话——我忘了他们，到这

---

1 官阶介于上尉和少校之间。
2 旧式纸牌可能在点数、张数上与标准的游戏纸牌不同；史托斯（源自德文"stoss"），最早风行于法国的赌博牌戏，十八、十九世纪间在俄国贵族阶层之间非常流行，有一些不同的称呼如：法老王、银行等。

种地步。要知道我每天夜里一直到天亮都没睡,这样大概已经有一年了。我在桌前的扶手椅上坐上一整夜,什么事也没做。书我只在白天读。我坐着,甚至也没思考,就只是这样,冒出一些想法的话,我就放它们自由去吧。蜡烛点一整夜。我静静坐在桌前,拿出左轮手枪,放在自己面前。当我把枪放好时,我记得那时候我问自己:"要这样吗?"然后我十分肯定地回答自己:"要这样。"也就是说我要开枪自杀。我知道,就在这晚我大概要开枪自杀,但在开枪前我还要在桌前坐多久——这我就不知道了。要不是那个小女孩的话,我一定开枪自杀了。

二

您看看:就算我都无所谓,但是,比如说,对疼痛我还是有感觉的。谁来打我一下的话,我还是会感觉到痛。在道德层面上也是如此:要是发生什么非常可怜的事,那么我会感到怜惜,就如同在我生命中还不是什么都无所谓的那个时候一样。我不久前也感到怜惜:我一定要帮助那个孩子才对。是为了什么我没帮那个小女孩?那时候冒出一个想法:当她拉我喊我,就在那时候我突然面临一个问题,而这问题我没办法解决。问题很无聊,但我生气了。我生气是因为这个结论——既然我已经决定要在这晚了结自己,那么,因此我对世上的一切,都应该是当下要比其他任何时候更无所谓。却又为什么我突然觉得,我不是什么都无所谓而可怜起了那个小女孩?我记得我非常可怜她,可怜到甚至有某种奇怪的痛,甚至以我当时的处境来看是完全不可思议的痛。真的,当时那一瞬间的感受我没办法更明确地表达,但是那感受一直持续到我回到家中坐在桌前的时候,我气愤极了,这是好久都没有过的。推论一个接一个在脑海中闪过。结论渐渐明朗了,如果我是人,还不是一个无意义的人,目前也还没变成无意义的人,只要我还活着,我就能为我自己的行为感到痛苦、生气和羞愧。好吧。但要是我杀死自己,比如说在两个小时之后,那么我对小女孩,或者对于到时候的任何一件事,又何须羞愧?世上的一切又与我何干?[1]我会变成一个无意义的人,变成一个绝对的零。意识到我现在将完全不复存在,因此也没有什么将会存在——难道这种意识不会对同情小女孩和羞愧做了下流事产生丝毫影响吗?要知道我之所以对那个不幸的孩子跺脚,放声大喊,是因为当时我想说:"我不只没有同情心,就算要做出没人性的下流事,我现在也能做,因为两个小时之后一切都将消逝。"相不相信我因为这样才大喊?这点我现在几乎确信不疑。渐渐明朗了,生命和世界现在仿佛操之在我。甚至可以这么说,现在世

---

[1] 陀思妥耶夫斯基的小说《群魔》中的斯塔夫罗金问过类似的问题。——俄文版编注

## 一个可笑的人的梦

界仿佛是为我一个人而创造的：我开枪自杀，世界就不存在，至少对我来说是如此。更不用说，或许，在我身后的世界真的不为任何人存在，也什么都没有，而只要我的意识消失，全世界就会像幽灵般立即消失，好像只是我一个人意识的附属品，即将变得空无，因为，或许这全部的世界和这全部的人——就只是我自己一个人。还记得我当时坐着推论，所有这些彼此环环相扣，一个个新冒出的问题，甚至被我完全转到另外的方向去，还妄想出全然新鲜的事。比如说，我突然间冒出一个奇怪的想法，假如我以前曾住在月球或火星上，而且在那里做过一些最可耻、最玷污名誉的行为，就是那种只能自己私下想象的，而我在那里因为这样的行为，被辱骂、被玷污名誉得如此严重，严重到恐怕只偶尔在梦中、噩梦中才感受得到、想象得到，假如之后现身在地球，我就会继续保有这个意识——我在另一个星球做过坏事，而且我知道，就是千万不要，永远不要回那里去，那么，从地球望着月球时——我是不是都无所谓呢？我会不会为那样的行为感到羞愧呢？[1] 问题都很空虚又多余，因为左轮手枪已经放在我面前，我也彻头彻尾地了解，这事大概会成，但是那些问题激怒了我，因此我很气愤。在没有事先解决一些问题之前，现在我仿佛就不能去死了。简单地说，这个小女孩拯救了我，因为我用这些问题

---

1 《群魔》中的斯塔夫罗金也说过几乎跟这一样的"住过月球"的假说。——俄文版编注

拖延了开枪。正好大尉的房里同时也静了下来：他们打完了牌准备睡觉，只是还在低声唠叨，有一搭没一搭地互相叫骂。就在这个时候我突然睡着了——以前从来没发生过这样的事情——睡在桌前的扶手椅上。我完全是在不知不觉中睡着的。梦，众所周知，是极为奇特的东西：一个东西在脑海中浮现出来，有着令人惊讶的清晰，还有着珠宝小饰品的工细，而对其他事物你似乎看也不看就跳过去，比如说，跳过空间与时间。指使梦的，似乎不是理性，而是欲望；不是头脑，而是心灵。与此同时，在梦中我的理性有时会耍弄一些多么机巧的花招啊！与此同时，在梦中我的理性还会发生一些完全不可思议的事情[1]。比如说，我的兄弟在五年前死了。我有时候会梦见他：他参与我的工作事务，我们都很感兴趣，而同时我在整个做梦的期间，完全知道并记得我的兄弟已经死去，也埋葬了。即使他死了，却还在我身边，跟我一起忙事情，这我怎么能不惊讶？为什么我的理智完全允许这一切发生？但是够了。我要开始讲我的梦了。对，就是我那时候做的梦，我十一月三日的梦！他们现在会因为这只是个梦而取笑我。但假如这个梦向我宣告了真理，是不是梦难道不是都无所谓吗？因为一旦认识真理，看见真理，那么你就知道那是真理，而其他的不是，也不可能是，无论在睡梦中或在现实生活中。好，就算

---

[1] 陀思妥耶夫斯基笔下的梦有相当的自传性质，他常梦见过世的兄长；梦在他的小说《罪与罚》和《白痴》中有更直接深刻的描写。——俄文版编注

是梦，就算是吧，但是您这么吹捧的这个生命，我想用自杀来消灭，而我的梦，我的梦——啊，它向我宣告了一个新生的、伟大的、革新的、强健的生命！

听一听吧。

# 三

我说过我在不知不觉中睡着了，甚至仿佛还同时继续谈论着同样那些事。突然我梦见我拿起左轮手枪，坐着将枪口对准心脏——对准心脏，而不是脑袋。我以前可一定会向脑袋开枪的，而且正对右边太阳穴。枪对准胸口后，我等上一两秒，接着我的蜡烛、桌子和我对面的墙壁突然动了，并缓缓摆动了起来。我赶紧开了枪。

在梦里，您有时候会从高处坠落，或者被人砍杀，或者被殴打，但是您从来不会觉得痛，除非您不小心真的在床上撞伤了自己，这时您才会觉得痛，而且几乎总是痛得醒过来。在我的梦中也是这样：我没感觉到痛，但在我开枪的同时，我全身一震，一切突然暗淡不明，我四周变得漆黑无比。我仿佛看不见也喊不出声，我这时躺在某个硬的东西上，全身挺直仰面朝上，什么也看不到，丝毫动弹不得。四周有人走动、喊叫，大尉发出低沉的说话声，女房东在尖叫——然后突然又一阵停顿，这时候我已经被放在一个合上的棺材里给人抬走了。我还感觉到棺材缓缓摆动着，我在思索这件事情，突然之间头一次有个想法令我震惊——就是我死了，死透了，我了解这点，也没怀疑，我看不见，又动不了，同时却可以感觉和思考。但是这点我很快就不去在意，一如往常在梦中，我都是毫无抗争地接受现实。

就这样他们把我埋进土里。所有人离开了，剩下我一个，完全孤单一个。我动也不动。我以前在真实生活中想象过被埋在坟墓里的情况，坟墓让我联想到的往往就只有湿冷的感受。这也是现在我感觉到的，我觉得非常冷，尤其是脚趾末端，但除此之外就什么也感觉不到了。

我躺着，怪的是——我什么也没期待，毫无抗争地接受，死者是没什么可以期待的。但是很潮湿。我不知道经过了多少时间——一个小时或几天，或者许多天。但这时突然间在我合上的左眼皮上，落下了一滴从棺材盖渗下来的水，接着一分钟后又落下第二滴，又过了一分钟落下第三滴，如此这般，如此这般，总是过一分钟再滴。突然间在我内心爆发了深深的愤怒，我突然感觉到心里有一股肉体的痛。"这是我的伤口，"我想，"这是枪伤，那里有子弹……"而水滴依旧滴落，每分钟直直落在我合上的眼睛上。于是我突然呐喊，不是用声音，因为我动不了，而是全心全意地，对致使我遭受这一切的主宰者说：

"无论你是谁,假如你真是主宰,假如有什么比现在发生的事更合理的东西,那就让它在这里出现吧。假如你是因为我的不理性自杀,就用死后继续存在的迷乱和荒谬来向我报复的话,那么你要知道,无论我遭受什么样的痛苦,永远不会有任何一种痛苦比得上我将默默感受到的那种鄙视,哪怕这苦难要持续数百万年!……"

我呐喊后便静了下来。深深的沉默几乎持续整整一分钟,甚至还有一滴水落下,但我知道,我非常而且坚信不疑地知道,也相信,现在一切必将改变。突然间我的坟墓崩裂。更确切地说,我不知道它是被打开还是被掘开的,但是我被某个黑暗的、我很陌生的生物给带走了,然后我们落到了一个空间中。我突然看清楚了:是个深沉的夜晚,而且从来没有,从来都没有过这么黑暗!我们在空间中飞驰,已经远离了地面。我什么都没问带走我的那个生物,我在等待,并且感到自豪。我要自己相信我不害怕,还因为自己抱有不害怕的想法而钦佩自己。我不记得我们飞行了多久,也无法想象:一切发生得就像在往常的梦中,你跳越过空间与时间,跳越过生活和常理的规则,然后你只在心中梦见的几个位置上停留。我记得,突然间在黑暗中我看见一颗小星星。"这是天狼星吗?"我突然忍不住问,因为我本来什么也不想问。"不,这是你回家的时候在云层之间看到的那颗星星。"带走我的那个生物回答。我知道他拥有一张类似人的脸。奇怪的是，我不喜欢这个生物，甚至深感厌恶。我原本预期一种彻底的空无，因此才对自己的心脏开枪。而这时我却在一个生物的手中，当然他不是人类，但是他存在，他存有——"啊，所以，死后的生命是存在的！"我怀着一种梦中怪异的轻率想着，但我的心的本质跟我留在最深处——"如果必须再存在一次，"我想，"而且要再一次按照某个人难以抗拒的意志活着，那我不想让我自己被打败、被贬低！""你知道我害怕你，因此你看不起我。"我突然对我的同行者说，没忍住这个坦率却有损自尊的问题，而且我在心中感受到一种好像被针刺到的侮辱。他没回答我的问题，但我突然感觉到没人看不起我，也没人嘲笑我，甚至没人同情我，还感觉到我们这条路的目标，既不清楚又神秘，而且只跟我一个人有关。恐惧在我心中滋长。从我沉默的同行者那里，一种无声无息却带有痛苦的东西传给了我，仿佛渗透了我全身。我们飞行在黑暗的、无人知晓的数个空间中。我已经好久没见到我熟悉的星座。我知道在天空中是有这样的星星，光线从那边到地球就要几千几百万年。或许，我们已经飞越了这些空间。我在一种可怕又揪心的忧愁中等待着什么。突然间有一个熟悉的、非常诱人的感觉震撼了我：我突然看见了我们的太阳！我知道这不可能是我们的太阳，不可能是孕育我们地球的那个太阳，也知道我们离我们的太阳无限遥远，但是我不知怎的完完全全认出了，这根本就像是我们的那颗太阳，是它的复制品，是和它一模一样的副本。我心中有一股甜蜜诱人的感觉欢腾了起来：因为有一股亲切的力量，来自同样孕育我的那片光明，在我的心中回荡，使我的心复活，我因而感受到生命，感受到从前的生命，这是我进坟墓后的头一遭。

"但假如这是——太阳，假如这根本就是我们的那颗太阳，"我高呼，"那么地球在哪里？"然后我的同行者给我指了一颗在黑暗中闪烁绿宝石般光辉的小星星。我们朝它径直飞去。

"难道在宇宙中真的有这样的复制品吗？难道有这样的自然法则吗？……假如那是地球，那难道它也是像我们的那个地球……完全同样不幸、可怜，但是亲切、永远受到喜爱，而且连自己最不知感恩的孩子们，也回报它同样令人痛苦的爱，就像我们的那个地球一样？……"我大叫，同时因为对我所抛弃的那个前故乡地球的一份遏制不住的热爱而颤抖着。那个被我欺负的可怜小女孩的模样，在我面前一闪而过。

"你会看到一切。"我的同行者回答，他的话听起来有点悲伤。

我们快速靠向那颗行星。它在我眼前变大，我已经看得出海洋、欧洲的轮廓，突然间我心中冒出了一股怪异的感觉，似乎带点崇高而神圣的嫉妒感："怎么可能有这么相似的复制品？又为了什么？我爱，我只能爱那个我所抛下的地球，那里留下了我喷溅的血液，就在我这个不知感恩的人对自己的心脏开枪了结性命的时候。但是我从来没有，从来没有停止爱那个地球，甚至在那晚我跟它分开的时候，或许，我爱它比其他任何时候爱得更令人痛苦了。在这个新的地球上是否有痛苦呢？在我们的地球上真爱只能痛苦地去爱，也只有透过痛苦才能爱！否则我们就不会爱，也不知道有另外一种爱。为了爱我愿意受苦。我想要，并渴望在这一刻热泪盈眶地亲吻的，只有那一个被我抛弃的地球，在其他任何星球上，我不想，也不接受生命！……"

但是我的同行者已经丢下了我。我突然好像完全不知不觉地，就停留在这另一个地球上，在这晴朗、美好似天堂的灿烂阳光中。我似乎站在群岛中的一个岛屿上，这里是我们地球上的希腊群岛，或者邻近这个群岛的大陆沿海某处。啊，完全跟我们那里一模一样，但看起来处处明亮辉煌，似乎在过节，也像在欢度一个崇高神圣且最终成功的庆典。温柔碧绿的海静静拍打海岸，带着一种明显可见、几乎有意识的爱意亲吻它们。高大美丽的树木耸立在自己的丰饶色彩之中，而林木间数不清的树叶，我确信它们在轻声温柔地欢迎我，仿佛在倾诉情话似的。绿油油的嫩草间盛开着光鲜芬芳的花朵。鸟群从空中飞过，并不怕我，停在我的肩膀和手上，用那可爱又颤动的小翅膀快乐地拍打我。最后，我看到并认识了这片幸福土地上的人们。他们自己朝我走过来，把我围起来，亲吻我。太阳的子民，属于自己的太阳的子民——啊，他们多么美丽呀！我从来没有在我们的地球上看到人身上有这样的美。只有在我们的孩童身上，在他们幼年的最初岁月，才有可能找到这种遥远的、虽然有些微弱的美丽反光。这些幸福的人眼睛闪着亮光。他们的脸庞焕发着智慧以及某种充裕自若的知觉，然而这些脸庞是欢乐的，在这些人的言语和声音中表现出一种孩童般的快乐。啊，一看到他们脸庞，我立刻就全明白了，全明白了！这是一片没有被堕落玷污的土地，在上面住的人们没犯过罪孽，他们就是生活在这样的天堂里，照全人类的传说所说，这也是我们犯了罪的祖先生活过的地方，只有这一个差别，就是这里的土地上到处都是一样的天堂。这些人快乐地笑，挤向我，关爱我，他们把我带到他们那里，其中每个人都想安抚我。啊，他们什么都不向我问清楚，但仿佛全都已经知道了，我是这么觉得，他们还想尽快驱散我脸上的痛苦。

## 四

您看看，又来了：唉，就算这只是个梦吧！但这些无邪又美丽的人的爱，带给我的感受永远留在我心里，而且我感觉到，他们的爱到现在还从那里向我涌过来。我亲眼见过他们，认识他们，并确信我爱他们，之后我为他们感到痛苦。啊，我立刻明白了，甚至当时就明白了，我在许多方面还完全不了解他们。我这个当代的俄罗斯进步分子和丑恶的彼得堡居民觉得无法理解的地方是，比如说，他们没有我们的科学，却还知道得那么多。但是我很快明白了，比起我们的地球，他们充实、吸收知识是靠另类的深入观察，他们的志向也完全是另类的。他们不期望什么，从容自若，他们对生活知识不强求的程度，就如同我们努力要去认清生活那般，因为他们的生活是充实的。但他们的知识比我们的科学还要更高深，因为我们的科学是在寻求解释何谓生活，这种科学本身就是致力于认清生活，目的是教会其他人过生活；而他们没有科学也知道自己要怎么过生活，这我也了解，但我不能了解他们的知识。他们指着一棵棵树给我看，我不能了解他们看着那些树充满爱意到那种程度，仿佛他们在跟自己相近的生物说话。您可知道，如果我说他们在跟树木说话，或许我也没搞错！对，他们发现了它们的语言，我确信，树木也了解他们。他们也是这么看待整个大自然的——看待那些与他们和平共处，不攻击他们，并且爱他们，也被他们的爱所驯服的动物。他们指着一颗颗星星给我看，跟我说一些关于星星的事情，我虽然无法了解，但我确信他们仿佛以某种方式跟天上的星星相互交流，不只在思想上，而是用某种实际的方法[1]。啊，这些人也不会强求我了解他们，他们别无所求地爱我，不过同时我知道他们永远不会了解我，因此我几乎不跟他们说起我们的地球。我只在他们面

---

[1] 陀思妥耶夫斯基的小说《卡拉马佐夫兄弟》中，佐西玛长老对此有更深刻的论述。——俄文版编注

## 一个可笑的人的梦

前亲吻他们居住的土地,不言不语地爱戴他们本人,他们明白这点,并让自己被爱,并不因为我爱戴他们而觉得害臊,因为他们自己也付出许多爱。他们没有为我感到痛苦,当我含着泪水亲吻他们双脚的时候,心中同时高兴地知道,他们将用多么强大的爱来回报我。有时我惊讶地自问:他们怎么能够一直不欺负像我这样的人,而且一次也没有在我这种人心里激起嫉妒和羡慕的感受?我好几次自问,我这个爱吹牛又爱说谎的人,如何能够不把我的知识告诉他们,他们肯定对我的那些知识一无所知,又如何能够不想用那些知识使他们惊讶,或哪怕只是出于爱他们才不这样?他们像孩子似的活泼欢乐。他们在自己的美丽树林和森林里漫游,唱着自己好听的歌曲,他们吃简单的食物、自己树上的果实、自己森林的蜂蜜,以及受他们爱护的动物的乳汁。他们只花上一点力气在自己的食物和衣服上。他们有爱情,并生育小孩,但我从来没见过他们有过激烈淫欲的冲动,那在我们的地球上却是几乎所有人,全体每一个人都经历过的冲动,它几乎可说是我们人类万恶的唯一根源[1]。他们会把出世的孩子当成他们幸福生活的新参与者,因此而高兴。他们之间没有争吵,也没有嫉妒,他们甚至不明白这是什么意思。他们的孩子是大家的,因为所有人

---

1 陀思妥耶夫斯基从小说《被侮辱与被损害的》开始了淫欲主题的书写,并持续在后来的作品中深入探讨;此处可笑的人的论点很接近法国思想家卢梭《论人类不平等的起源与基础》中的论述。——俄文版编注

组成了一个大家庭。他们那里几乎没有疾病,虽说还是有死亡,但是他们的老者死得很平静,仿佛要入睡,被一群送行的人围绕在身边,老者祝福他们,对他们微笑,而领受临别祝福的人也报以开朗的笑容。在这种场合里我没看过哀伤和流泪,而仿佛只有加倍的、近乎莫大喜乐的爱,但这种喜乐是平和、踏实又静观自得的。可以想象得到,他们甚至在亡者身后还可以彼此交流,他们之间在土地上的联结并没有因死亡而中断。当我向他们问到关于永恒的生命时,他们几乎不明白我,但显然,他们直觉上相信这点,因此这对他们来说不是问题。他们没有神殿,但他们跟全宇宙有一种紧迫、真实又不间断的联系;他们没有信仰,却有一种肯定的认知——当他们在世上的欢乐满溢到地球自然的极限,那时候对他们、对生者或亡者来说,就有机会跟全宇宙做更广泛的交流。他们愉快地期待这一刻,但不慌忙,也不因此而难受,仿佛在自己的心灵预感中已经拥有这一刻,他们彼此告知这样的预感。每天晚上入睡之前,他们喜欢组队谐声合唱。他们在这些歌声中传达出过去的这一天给他们的所有感受,赞美这一天并与它告别。他们赞美自然、大地、海洋与森林。他们彼此之间喜欢编写关于对方的歌曲,如孩童般夸奖对方,这些都是最简单的歌曲,但是真情流露,感动人心。还不单单在这些歌曲中,而好像是他们花上一辈子只在欣赏彼此。这像是某种对彼此的爱恋,一种完整而普遍的爱。他们还有其他一些隆重而激昂的歌曲,我

## 一个可笑的人的梦

就几乎完全不能理解。虽然懂得歌词,却从来无法参透歌中的意涵。这种歌曲仿佛始终是我无从理解的,但同时我的心仿佛不知不觉中又对它有越来越深的感受。我经常跟他们说,这一切我在好久以前就已经预感到了,所有的欢乐和荣耀当我还在我们地球上时就向我显现出一种诱人的忧愁,这有时让人哀痛得难以忍受。我曾在我心灵的梦想中和头脑的想象中,预感到他们所有人和他们的荣耀,在我们的地球上的时候,我经常看到落日就不能不掉下眼泪[1]……在我对我们地球上的人的怨恨中,总是有一种苦恼:为什么我不爱他们同时却不能恨他们?为什么我不能不原谅他们?而在我对他们的爱中也有一种苦恼:为什么我不恨他们同时却不能爱他们?他们听着我说话,我感觉到他们无法想象我说的东西,但我不后悔跟他们说,因为我知道,他们理解我因那些被我放弃的人而强烈苦恼着。对,当他们用那种亲切、满怀关爱的眼神看着我,当我感觉到在他们面前我的心变得跟他们的心一样无邪又真诚时,我对于自己不了解他们也就不觉得遗憾了。由于满满的生活感受让我喘不过气来,我默默对他们钦佩不已。

啊,现在所有人都当面嘲笑我,要我相信在梦中不可能看到像我现在所转达的这些细节,我在梦里看到或感觉到的、只不过是我内心妄想而生出的感受,细节则是在醒来之后自己编造的。

---

[1] 这句话是陀思妥耶夫斯基创作中常出现的象征,与希腊神话中黄金时代的意象有关。——俄文版编注

当我跟他们坦白说，或许，确实就是如此——天啊，他们当着我的面起哄嘲笑我笑得多么厉害，我让他们感到多么欢乐呀！是啊，当然，我只是臣服于那个梦的一种感受，在我受伤淌血的心里唯独这个感受安然无损，但同时我的梦实际上的样貌和形式，更确切地说，那些我确实在我做梦那一刻见到的，都满是和谐，和谐到那种迷人、美丽又真实的地步，以至于我醒来之后，当然无力在我们的虚弱言语中将它们表达出来，这样的话它们应该就会在我脑袋里消散，而因此，也确实有可能，是我自己无意识地被逼得去编造之后的细节，当然我就会曲解它们，尤其是我那么热烈期待要尽快把它们转达出去，哪怕是随便一点点都好。但同时我又怎么能够不相信这一切都曾经有过呢？或许，那些曾经有过的比我所讲的更好、更光明、更欢乐一千倍呢？就算这是梦，但这一切要说不存在也不可能。您知不知道，我要跟您说一个秘密：这一切或许根本不是梦！因为这里所发生的事情，真实到如此可怕的地步，恐怕连做梦都梦不到这种事。就算是我的心生出了我的梦，但难道我的一颗心能够生出这种让我随即亲身经历的可怕的真实吗？我一个人怎么能够单凭着心就想象出或梦见这个真实？难道我这渺小的心，我这执拗又没用的头脑，能够提升到发现真实的这种水平吗？啊，您自己评断一下：这个真实情况我至今一直隐瞒着，但现在我要说出来。事实上，是我……让他们所有人堕落了！

## 五

对，对，结果是我让他们所有人堕落了！这是怎么办到的——我不知道，我不太记得。梦飞越了千年，在我心里只留下一个整体的感受。我只知道，堕落的原因是我。就像是传遍一个个国家的可恶的旋毛虫、瘟疫的原子，我也像这样让自己传染了这片幸福的、在我来之前纯洁无邪的土地[1]。他们学会撒谎，喜爱谎言，并认识到谎言的美丽。啊，这或许一开始是无恶意的，出于玩笑，出于卖弄风情，出于谈情说爱的游戏，或许事实上只是出于一粒原子，但是这个谎言的原子渗透到他们心里，并让他们喜欢上了。之后很快就生出了淫欲，淫欲又导致嫉妒，嫉妒——然后是残暴行为……啊，我不知道，也不记得，但很快，非常快就发生了第一次流血：他们又惊又怕，开始散落四处、分化。出现几个联盟组织，但彼此之间已经在对抗。开始有责怪、责备。他们认识到羞耻，又把羞耻提升为美德。出现了荣誉的概念，每个联盟举起各自的旗帜。他们开始虐待动物，因此动物远离他们躲到森林中，并与他们为敌。开始为了分化、为了独立、为了个人、为了分你我而争斗。他们开始说不同的语言。他们认识到哀痛，并爱上哀痛，他们渴求痛苦，还说只

---

[1] 这里有部分与《罪与罚》结尾中拉斯科利尼科夫的末世梦相似。——俄文版编注

有通过痛苦才能得到真理。那时候他们有了科学。他们开始凶恶时，就会谈起兄弟情谊、人道精神，并且明了这些理念。他们开始犯罪时，就会想到正义，并为自己定出一整套规范，以便守护正义，而为了保障规范又设了断头台。他们只稍微记得失去了什么，曾经有过的纯洁和幸福，却连信都不想信。他们甚至取笑他们从前有过幸福的可能，还称之为做梦。他们甚至不能想象幸福的形式和样貌，但是奇怪又神奇的是：既然已经彻底不相信从前有过幸福，还称之为童话故事，他们却还想要重新、再一次成为纯洁又幸福的人，这种想法强烈到让他们拜倒在自己的心愿之前，像孩子似的把这个愿望敬若神明，并兴建神殿，开始祈求自己的想法，祈求自己的"愿望"，同时却完全相信这个愿望无法实行也无从实现，但还是含泪爱戴、含泪崇拜。然而，假如可以就这么发生，让他们回到那个他们曾经失去的纯洁幸福的状态，假如谁突然重新展现那个状态给他们看，并问他们：他们是否想要回到那个状态？——那他们大概会拒绝。他们回答我："就算我们爱说谎、凶恶、不公义吧，我们知道这点，也为此哭泣，为此折磨自己，虐待自己，惩罚起自己来甚至可能比那个仁慈的'法官'更加严厉，这位法官将会审判我们，我们却不知道他的名字。但是我们有科学，我们通过它重新找到真理¹，但要在有意识的情况下才接受它。知识胜于情感，认识生活胜于生活本身。科学带给我们高深的智慧，高深的智慧将揭示道理，而了解幸福之道，胜于幸福本身。"这就是他们说的，说过这些话之后每个人爱自己更胜于爱他人，而且不这样他们还办不到。每个人变得只强调一己的个性，以至于费尽努力只求贬低、减损他人的个体性，还认为自己的生活就该如此。出现了奴隶制度，甚至出现了自愿的奴隶：弱者甘愿屈服于最强者，只要强者能帮他们压迫比他们更弱小的人。出现了正直的人含泪来找这些人，说他们骄傲、失了规矩与和谐，还说他们羞耻心沦丧。他们却嘲笑并把石头扔向那些正直的人²。神圣的血流淌在神殿门槛上。不过也出现了另一种人，开始想象：大家要怎么重新团结在一起，好让每个人在不停止爱自己胜过爱他人的同时，也不妨碍任何其他人，让大家仿佛在一个和谐的社会里共同生活。一连串的战争便起于这样的理念。所有的参战者同时坚信，科学、高深智慧和自我保护的情感，最终会使人类团结在一个和谐理性的社会中，因此目前为了加速事情进展，"有高深智慧的人"努力尽

---

1 《卡拉马佐夫兄弟》第六卷第二篇中，佐西马长老的神秘访客有一段话与此相关："人们永远不能用任何科学或利诱的手段，无害地分好财产和权利。每个人总会嫌少，大家总会抱怨、嫉妒，且彼此毁灭。"——俄文版编注与译注

2 引自《圣经》典故，也跟陀思妥耶夫斯基理解莱蒙托夫的诗《先知》有强烈关联，女作家波钦科夫斯卡雅（V. V. Timofeyeva-Pochinkovskaya, 1850—1931）曾转述陀思妥耶夫斯基读过这首诗的看法："莱蒙托夫有太多愤怒，他的先知是弄皇鞭子和毒药……"——俄文版编注

快消灭所有"智慧不高的人"和不了解他们理念的人，让他们不会妨碍这个理念的胜利。但是自我保护的情感很快就变弱了，出现了骄傲的人和放荡的人，他们要不直接全拿，要不就是什么也不要。为了获得一切，就使坏，如果这不成的话——就自杀身亡。出现了崇拜虚无的宗教，出现了在一无所有中追求永恒平静而自我毁灭的宗教。最后这些人在无意义的努力中感到疲惫，他们的脸上出现了痛苦，然后这些人便宣称，痛苦就是美，因为只有在痛苦中才有思想。他们在歌曲中歌颂痛苦。我悲痛地绞着手在他们之间徘徊，为他们哭泣，但还是爱他们，或许，比起从前他们脸上还没有痛苦表情的时候，在他们还纯洁又那么美丽的时候，更爱了。我爱这片被他们玷污了的土地，比起它还是天堂的时候更爱了，就只因为这土地上有了悲苦。唉，我一向喜欢悲伤和哀痛，但只是为了自己，为了自己，而我却同情他们为他们哭泣。我向他们伸出双臂，同时绝望地怪罪、咒骂并轻视自己。我告诉他们，这一切是我造成的，是我一个人，是我把堕落、坏风气和谎言带给了他们！我恳求他们，要他们把我钉在十字架上，我教他们怎么制作十字架。我没办法，我无力杀死自己，但我想接受他们给的痛苦，我渴望痛苦，我渴望让我的血在这些痛苦中流尽。但他们只是嘲笑我，到后来，把我当成喜欢预言的疯僧[1]。

---

1 俄文用"юродивый"，在俄罗斯东正教中，指外表疯癫、有预言天赋的苦行僧。

他们为我辩护，说他们所接受的，都是自愿要的，还有现在所有的一切都必然会发生。最后，他们向我宣布，我对他们是危险的，因此，如果我不闭嘴的话，他们就要把我关进疯人院。那时候我的内心涌起一阵哀痛，那痛的力度让我的心紧得难受，然后我觉得我要死了，而这时候……嘿，就在这时候我醒了过来。

———

已经早上了，确切地说天还没亮，大约五点钟。我醒来时坐在同样的扶手椅上，蜡烛整支都烧尽了，大尉房里的人都还在睡，周遭有一股在我们公寓里罕见的宁静。我头一件事就是惊讶无比地跳起身，我从来没遇到过类似的事，没遇到过类似的细微琐事：比如说，我还从未在扶手椅上这么睡着过。这时候，突然之间，我还站着，脑袋慢慢清醒过来——我面前忽然闪过我的左轮枪，备好上了膛的——但我一瞬间将它推开！啊，现在要的是生命啊，生活啊。我举起双手，向永恒真理呼喊。不是呼喊，而是哭泣，是狂喜，难以估量的狂喜使我整个人激昂了起来。对，生活，还要——传道！啊，就在这一刻我决定要传道，而且，当然啦，一辈子都要！我要传道，我想传道——传什么道呢？真理嘛，因为我看见了它，亲眼见到了，我见到它的一切荣耀！

就从那时候起，我开始传道！除此之外，我爱那些嘲笑我的人，更胜其他人。为什么会这样，我不知道，也无法解释，但就这样吧。他们说，我就是现在也常犯错，也就是说，要是我现在已经错成这样，那接下来会变成怎样呢？事实真相是：我常犯错，而且，或许接下来会变得更糟。当然啦，在我探求到如何传道，也就是说，该用哪些话和哪些事情去传道，因为这实践起来非常困难，在此之前我还会再犯几次错。要知道现在这一切我看得很清楚，但是听我说：谁又不会犯错呢！而与此同时，要知道所有人都是走向同一个目标，至少，所有人都是在追求同一个目标，从智者到最坏的强盗，只是路径各有不同而已。这个真理是老旧的，但这里新鲜的地方就在于：我要犯错是非常不可能的。因为我看见了真理，我看见了并且知道，人类没有丧失在土地上生活的能力，可以变得美好又幸福。我不想，也不能相信恶是人类的正常状态。而他们所有人却只针对我的这个理念来嘲笑。但我怎能不相信：我看见了真理——不是那个用头脑创造出来的东西，而是看见了，看见了，它那鲜活的形象永远占满了我的心灵。我看见它那么完整无缺，因此我不能相信它无法存在于人类中。所以，我又怎么会犯错呢？当然，我会拐弯抹角，甚至会好几次，甚至还可能用别人的话来传道，但不会太久：因为我所见到的那个鲜活形象，将永远与我同在，且永远会纠正、指引我。啊，我精力充沛，我精神焕发，我走啊走，哪怕是走上一千年也

## 一个可笑的人的梦

行。您知不知道,我起先甚至想隐瞒我使他们所有人堕落,但这是个错误——看,这就是头一个错误!但是真理对我轻声说我在撒谎,并守护了我,指引了我。但要怎么建构天堂——我不知道,因为我无法用言语来表达。在我的梦境过后,我不能言语。至少所有主要的、最必要的言语都不能。但就算这样,我也要说,并且要一直说,坚持不懈地说,因为我毕竟亲眼见过,尽管我无法转述我看到了什么。但就连这一点嘲笑的人也不了解,他们说:"你说你做了个梦,还有梦话、幻觉。"唉!难道这很聪明吗?而他们却这么自傲!梦?梦是什么?那我们的生活不是梦吗?我还要说,就算这样,就算这永远不会实现,就算天堂不存在(这点我本来就了解!)——那么,我还是要传道。而同时这又多么简单:应该只需要一天,应该只需要一小时——一切马上就解决了!重要的是——要去爱别人像爱自己一样[1],这才重要,这就是全部,根本不需要其他的,因为你立刻会找到解决之道。而同时这不过只是——老旧的真理,被反复说过、读过了数万次,可就是还没深植人心!"认识生活胜于生活本身,了解幸福之道胜于幸福本身。"——这才是该要去对抗的!我会去的。只要所有人想要的话,那么一切即将解决!

---

[1] 语出《圣经·马可福音》第十二章第三十一节:"要爱人如己。"(引自联合圣经公会之《新标点和合本》) ——俄文版编注与译注

白夜

———————

而那个小女孩我找到了……我就来了！我就来了！

# 导读
# 从梦想爱一个人开始

**映画一般的《白夜》**

镜头从远方高处对着运河拍摄，然后慢慢拉近。运河堤岸的一处铸铁栏杆旁伫立着一位妙龄女子，她手扶着栏杆，一动也不动地注视着河面上流动的水，距女子身后不远处，一个年轻男子走来，他看着女子的背影，放慢脚步，想轻轻走过，却突然停下脚步——他听见她在啜泣，他考虑着该如何跟女子搭讪，但女子注意到他，迅速转身，打算快步离开，眼看两人就要错过彼此，一个突发事件出现，挽回了局面。女子卸下心防，响应男子的问话，之后他们沿着堤岸散步、聊天、讲心事，男子送女子回家，约好隔天同一时间、同一地点见面，继续之前未完的话题。就这样他们在一起度过四个白夜，而这四个白夜里发生的种种就像摄影机镜头里的画面一样，被牢牢地记录在男子的记忆中，成为他一生中最美好的回忆……

陀思妥耶夫斯基的中篇小说《白夜》的情节大致如此，这样的邂逅情节，使得小说成为作家所有作品中最明亮的一部，也使得彼得堡与它的运河堤岸从此添上无尽的浪漫和年轻的色彩，这部小说同时也是作家作品被改编为电影次数最多的一部，除了在俄国自己的彼得堡搬演情节，意大利导演维斯康提在一九五七年就曾把场景移到意大利的小镇；一九七一年法国导演布列松又把故事背景搬到巴黎街头；到了二〇〇八年，美国导演詹姆斯·葛雷则把场景迁到了纽约布鲁克林区，且不说在这之间《白夜》的情节还曾在巴西、印度和韩国上演。为何这些导演如此执着地想要搬演这部小说？是为着那运河桥畔的美景？为着那男女间浪漫的邂逅？为着那无可取代的年轻时光？还是为着那之后也无可取代的惆怅回忆？答案或许都是吧，而关键还是在于《白夜》极为精确地呈现了邂逅之前人对于跨出界线的那"关键一步"时的各种思虑，又在邂逅之后维持了人对于纯情的想象，所以这一则纯情邂逅的故事才会这样一而再，再而三地在世界各地上演，相似的故事也都说是受到《白夜》的启发。但正是因为这样，我们忍不住想重新回归陀思妥耶夫斯基的《白夜》，探索那里头说的究竟是个什么样的故事。

**我们或多或少都是一个梦想者**

小说《白夜》创作于一八四八年，故事是由一位没有名字，自称是"梦想者"的男子所进行的第一人称自述，内容是关于他在彼得堡白夜时节与一名女子邂逅的感伤回忆。主角梦想者可以说是陀思妥耶夫斯基笔下所开发出的一系列重要人物的原型之一，像是《地下室手记》里的地下室人，以及《罪与罚》里的拉斯柯尔尼科夫都是这一类的人物，作家晚期的短篇故事《一个可笑的人的梦》里的主角——可笑的人，也属于这个行列。至于这种人物的来源为何？一说是源自作家的朋友，也有人说就是作家自己，见诸陀思妥耶夫斯基在《彼得堡编年纪》里说过的话："我们或多或少都是一个梦想者。"就不难猜出答案。

梦想者在《白夜》里是一位二十六岁，已经不算太年轻的年轻人，他在某处供职，薪水微薄，个性内向腼腆，居住在彼得堡已经八年，却没能认识人。而依据他自己的说法，即使"不认识人，他也认识整座彼得堡"，这是因为他认识彼得堡街上所有的房子，他会和房子打招呼，跟房子聊天，谈房子的墙壁换油漆的话题。这样一种认识城市的方法或许很可笑，却尖锐地凸显出梦想者的孤独。然而，这样一位梦想者不等于宅男，也不是自闭症患者，因为他会根据彼得堡人的习惯上街散步，跟每天也在街头散步的老绅士们总是不期而遇，但是这群老绅士从来没有谁会想要向梦想者表示认识的热络，唯一的一次是某位老绅士在下意识中"差一点"就要跟他一起脱帽致意，但是双方"幸运地"在最后一刻都守住了矜持，谁也没有向对方先"越雷池一步"。这一段对大都会人际关系冷漠和阶级区隔的描写，几乎达到荒谬的地步，却反而透露出一种黑色幽默，是陀思妥耶夫斯基比较少见的手法。

**对话就从梦想爱一个人开始**

夏日间彼得堡的市民大多会出城或出国度假，这个带着点贵族气息的习惯一直保留至今，小说就是从这个居民纷纷动身出城的白夜时节开始讲起，无亲无故的梦想者于是只能无奈地体验一个人被留下的孤独。他在城市游荡，目光所及，城市景观都被附上一种苍白和病态的美感……返回住处的路上梦想者看到了她——娜斯坚卡，夜晚十点多一个女人独自站在偏僻的运河堤岸上，即使是在犹如白昼的夜里，这状况仍引人注意。我们不清楚在梦想者出现之前，是否有人试图搭讪娜斯坚卡，我们仅知在梦想者注意到她之后，另一位男子也跟着出现，而后者不得体的行径，反促使娜斯坚卡接受梦想者伸出的援手，进而成就了这场邂逅。所以这场邂逅其实带有相当戏剧性的设计，而更戏剧性的还在于，能成就这一场邂逅的不可能是其他人，就只能是梦想者和娜斯坚卡，为何？因为所有梦想者抛出的讯息，娜斯坚卡全部都能够接住，她扮演了一个完美的讯息接收者和响应者，没有娜斯坚卡，对读者来说梦想者就只能是不能被理解的空白。事实上，梦想者一直在寻找对话者，从他见到娜斯坚卡的背影那一刻起，他就不断在心中进行判读，"这是个女孩，而且一定是黑头发的""我这位女孩是聪明人:这点从来不影响美丽的外表",很难说这些品头论足的话不带有评价之意,但这些评价显然是梦想者对娜斯坚卡能否成为合适的对话者的试探,而当试探一结束,梦想者立即就对娜斯坚卡倾诉他的"爱",他说他"爱上一个理想的对象,爱上那个在梦中出现的人",又说"我只能每天梦想,终究有一天我会遇到某个人"。梦想者的话如他自己所言,"脑袋中有上千个阀门打了开来"的情况下,非得"把满江满水的话给倾泻出来"。而梦想者关于爱情的话语有着一个共通点——仿佛都是从书本中复制下来的经典名句,都是放诸四海皆可通用的浪漫台词,所以娜斯坚卡才会说她好像在哪本书里听过同样的话。除了《白夜》,在《地下室手记》和《罪与罚》里,女主角也都分别说过类似的话,可见陀思妥耶夫斯基多么喜欢借由女主角之口,戳破困在书本中的梦想者男主角。

梦想者和娜斯坚卡之间一来一往、毫无阻碍的对话,精彩至极,但在梦想者得知娜斯坚卡的男友已经回到彼得堡之后,他开始变得结巴,原先"满江满水"的话也变得怯懦而缺乏自信,话语权渐渐转到娜斯坚卡这一方,梦想者的颓势无法挽回,到最后他甚至只能眼睁睁地看着娜斯坚卡挽着男友的手离去,一句话也说不出。

### 中间物种——梦想者

然而陀思妥耶夫斯基笔下的梦想者,他的孤独自是离不开工业和都市文明发展所带来的人际关系的疏离苦果,但其本身的气质仍是决定性因素。《白夜》里梦想者自己定义了何谓"梦想者":在彼得堡城市里有一些奇怪的角落,被另一种有着特别光芒的太阳所照顾,那里住着一种中间物种,不是人,而是类似蜗牛或是乌龟的生物,非常喜欢四面墙壁和蜗居,那里的生活是"纯粹幻想的、狂热理想的东西,还掺了点平淡、乏味又普通的东西"。这一段描述十分暧昧,中间物种让人想起达尔文,但这或许与更早的林奈的生物分类学有关,而梦想者无法归类于既有的分类法则中,他是介于人类与动物之间的一种生物。

梦想者曾提到,之前有位朋友来拜访,但这次拜访却让双方感觉极为尴尬,以至于不会再有第二次拜访的可能,但这尴尬局面却不是任何一方有意为之的,那位友人甚至无法想象,自己善意的拜访竟会造成梦想者过度惊慌到举止失措的地步,而梦想者也没想到,自己秘密的、美好的、如泡沫般一连串的想象会被人突然打断,因而陷入惊慌,尽管他竭尽所能地试图招待客人,却显得可笑又愚拙⋯⋯这里其实没有谁对谁错的问题,这是两个时空感受完全不同的人之间一次不成功的接触,说到这里,读者或许也可以明白,为何梦想者之前说他没有办法认识人了——因为不同物种之间的沟通确实是一个大问题!

导读　从梦想爱一个人开始

走在写实主义的大路上，陀思妥耶夫斯基始终回望着、眷恋着浪漫主义和感伤主义，这一点从《白夜》的第一个副标题"一部感伤主义小说"就可以知道；然而，《白夜》还有第二个副标题——"一个梦想者的回忆"，此处梦想者是以专有名词的方式被作家正式提出，而梦想者不仅仅只是会做梦的人而已，而是做梦和幻想是他的特殊才能，他是一个专业的梦想者。梦想者每天在卜班之后，从走回家的路上就开始一个幻梦接着一个幻梦地做下去，这一串串的幻梦架构了梦想者理想中的世界，甚至阻碍了他对现实世界的感受；而当他逼不得已必须面对黯淡无光的现实时，他总是能够找到缝隙，再次遁入幻梦之中，用一串串不间断的幻梦喂养自己，从中获得满足，梦想者就这么游走在现实和幻想之间，成为一种中间物种。这是一种才能，也是一种戒不掉的瘾。所以，当娜斯坚卡要求梦想者不要再这么生活下去时，梦想者非常悲观地说："我恐怕得这么一直生活下去。"显然，陀思妥耶夫斯基对此是感到不安的，或许因为他预见到这种中间生物在都市疏离的沃土中会以惊人的数量成长，而对抗这种令人中毒的瘾头的方法却很少，当娜斯坚卡挽着男友的手幸福地离去后，梦想者的幻梦破灭，他回到现实——一个布满蜘蛛网和灰尘，到处都是破旧物件和黯淡色彩的世界，梦想者哀怨地在心中呼唤娜斯坚卡，同时却陷入无尽的绝望之中。来到这样的故事结尾，读者或许忍不住同情梦想者，也同意他要将娜斯坚卡视为一生中最美好的回忆，然而我们仍不能不怀疑，是否再过一阵子，就在梦想者又出门散步之后，新的缤纷的幻梦又会形成，届时缤纷多彩的幻梦又会再度引领着梦想者前进，对抗那令人绝望的现实呢？

**梦想者陀思妥耶夫斯基**

《小英雄》这篇故事并不是陀思妥耶夫斯基最好，或是最重要的作品，但是它之于作家的生命和写作生涯却是无可取代的重要。《小英雄》的故事场景设定在莫斯科近郊的乡间里一座贵族大庄园，故事从庄园主人的豪奢宴客开启叙事，陀思妥耶夫斯基非常仔细地、大费笔墨地描述了嘉年华会一般喧闹欢快的庄园生活、川流不息的宾客、笑靥如花的贵妇美女，以及舞蹈、表演、音乐会，还有活人画等从早到晚不间断的娱乐活动。不只如此，作家还描写了赛马的场景，还有贵族在庄园林荫道间优雅散步的景象，那一层又一层堆叠而出的贵族世界的缤纷色彩，以及字里行间充盈勃发的生气，都是陀思妥耶夫斯基的作品中非常少见的，而如果我们再进一步说明，那里所有的璀璨斑斓和馥郁芬芳都是作家处于被囚禁的状态，坐在狱中，面对着四面阴森森、灰沉沉的厚石墙所写下的文字，这样你是信或是不信？又该如何相信？然而所有这些都是事实。

《白夜》在读者和批评者之间都获得了成功，陀思妥耶夫斯基挽回了濒于失败的作家生涯，他正打算在文坛重整旗鼓，然而

导读　从梦想爱一个人开始

就在这个时候他被捕了，以"对于散播别林斯基的犯罪书信知情不报且宣读"和谋反等罪名，被关入彼得保罗要塞的政治犯监狱中，这时的陀思妥耶夫斯基不只写作，甚至连生命都面临终结的可能，然而他却在这样的情况下，在监狱中写出了《小英雄》这样的作品，着实令人不可思议！作家究竟是用什么样的心情来写作的呢？后来在一封写给作家弗谢沃洛德·索洛维约夫的信里他这么说："我身陷要塞牢狱的时候，我想我这就完蛋了，觉得我撑不过三天，可是——突然就完全平静了下来。是不是我在那里做了什么？……我在写《小英雄》——您读一读吧，难道那故事里能看到愤恨痛苦吗？是我做了安详又美好的梦。"何以《小英雄》的创作心态如此奇特？我们来看看这个故事在讲什么。

《小英雄》的内容是关于一个不知名者的童年回忆，他在十一岁时曾在乡间的一处贵族庄园里做客，孩童正是在那时感受到爱和美的力量，以及勇气的可贵。又是回忆！又是爱！又是美！它们对作家的影响力可真是无可比拟地巨大呀！

孤独敏感的小男孩爱上了一位贵妇，一个有着恬静安娴的目光、温顺的微笑的黑发夫人，她的美带有一种圣母的光辉，在陀思妥耶夫斯基眼中，是一种能够让人"放下屠刀，立地成佛"的美，《罪与罚》里的杜妮雅就有这种具有穿透力的美；而为了凸显这种美，作家又塑造了另一种美的类型——金发贵妇任性、张狂、神经质的，带点危险气息的美，在陀思妥耶夫斯基看来，这是一种会引人犯罪和堕落的邪恶之美，《白痴》里的安娜斯塔西亚·菲利波夫娜就是这样一种美的代表。一般人或许很难理解，作家如何能够在监狱里，面对不明未来的恐惧，竟不是颓唐消沉，而是在进行神圣美和邪恶美之间的差异的思索？但是如果我们想起《白夜》里的梦想者这样一种中间生物，或许就不会对陀思妥耶夫斯基超越一般人的行径感到惊讶，甚至可以理解。此时的陀思妥耶夫斯基自己就是那位梦想者，看着监狱的四面墙壁，但又没在看，因为他的思绪早已飞出墙外，来到了欧洲，而那里正上演着诗人席勒浪漫主义风格的作品：骑士、贵妇、骏马、独立和抗暴的精神……一幕又一幕鲜活的形象在他眼前闪烁、招手，然后梦想者陀思妥耶夫斯基开始动笔了，他变成了创作者陀思妥耶夫斯基，手中的笔化成了小骑士，既对抗强势任性的金发女暴君对他的无理指使，又要不动声色地帮助心仪的圣母贵妇度过危机，并向唯一的她献上他的忠诚……

如此这般让梦想飞翔的《小英雄》，或许帮助了陀思妥耶夫斯基度过要塞监狱里大半年的恐怖日子，而未来其实还有九年多流放的苦日子在等着作家，至于流放期间作家能否真的只以梦想为生呢？答案是否定的，从《死屋手记》这部作品就可以知道，对作家来说，流放的日子让他知道，面对真实的生活以及和人群相处的学问远比耽溺梦想要来得艰难许多。一如《白夜》里的梦想者，陀思妥耶夫斯基一生都无法摆脱身为梦想者的秉性，但

导读 从梦想爱一个人开始

他无时无刻不想着要控制它，不断思索梦想与真实生活之间的距离，以及对彼此的意义，所以他才会在《地下室手记》里对地下室人的生活提出质疑，又在《罪与罚》里质疑拉斯柯尔尼科夫歪曲的理论，在他看来，这两位主角无疑是用想象取代了生活，没有人比作家自己更清楚这中间的弊病了，因为无止境地耽溺梦想只会导致自身生活的悲剧。

**星球旅人梦想者**

陀思妥耶夫斯基笔下的梦想者是一种全新的文学人物，这种人物充满了发展的可能性，这一点或许连作家自己都没能预见，也或许是不乐见。当我们说梦想者是一个专业的做梦人，他可以用一串串的幻梦取代现实，如果情况允许的话，梦想者可以无止境地耽溺下去，做着天上一千年，人间仅一日的梦；而当他不做梦时，他的世界很可能也就跟着停止存在，这个情境光是想象就觉得充满科幻的意味，但请注意，是科幻意味，而不是科学，也不是科技，这里的重点不是科技或是科学知识，而是梦是可能的现实的完全投映，也是它的无限延伸，作家晚期的短篇小说《一个可笑的人的梦》就是这么一个梦到真时真亦梦的展示，毕竟有什么是梦到不了的地方呢！

《一个可笑的人的梦》出自一八七七年《作家日记》四月号刊，作为月刊的《作家日记》发行于 八七六年，发行者是陀思妥耶夫斯基自己，这份月刊共发行两年，至一八七七年年底，作家因为要创作小说《卡拉马佐夫兄弟》而将《作家日记》停刊。三年后，一八八一年年初才复刊，但那时作家已经病危，最后，复刊的那一月份号在作家葬礼举行的同一天亦作了发行。《作家日记》在当时获得读者极大的回响，不同于小说书写那般迂回，陀思妥耶夫斯基在《作家日记》里非常明确地呈现了自己的道德立场和思想观点，他以一位斯拉夫主义者的立场来看待俄罗斯农奴解放之后的社会问题；对欧洲的制度、法治和理性主义提出自己的看法；对当时报章上所热议的有关宗教、政治、外交、战争、家庭、青年等各种时事问题，他也依据自身的经验侃侃而谈，无所保留。而在这么一堆议论性文章中，偶有几篇小说创作被放入，这些作品中所揭示的论点和道德观，与作者其他小说相较之下要来得更鲜明清晰，《一个可笑的人的梦》就是这样的一篇作品。

《一个可笑的人的梦》里主角同样没有名字，就是叫作"可笑的人"，他依据一种自认为的真理而准备自杀。走回家的路上他遇到一位小女孩，小女孩向他求救，但可笑的人认为一切都无所谓了，所以没有回应女孩。可笑的人回到家，拿出枪，对着心脏开枪，他倒下，但觉得自己还有意识，然后他连同棺材被埋进土里，但棺材开始漏水，他便开始呼唤，这时似乎有一种不知名的生物出现，把他带出，然后可笑的人就飞上了太空，来到一个跟地球一模一样的新的星球，差别只在于那个星球的人都非常纯洁。新星球的居民真诚地接纳了可笑的人，把他视为自己人，跟他学习……然后……然后这个星球就堕落了……因为他们跟着可笑的人学会了说谎、欺骗和其他坏事……一切就这么无可挽回地沉沦下去了……后来可笑的人醒来，发现一切只是一场梦，但是他又悟出了另一个真理：改善社会要从"爱人如己"开始，一个说来容易，但实际上却总是做不到的真理。故事的最后就是停在可笑的人以热切的心要响应自己刚体悟的真理，他要去找那个女孩，要找到那个女孩，去实践"爱人如己"，全篇故事就这样结束。

这篇故事里触及的都是陀思妥耶夫斯基一直以来关心的时事议题：人际关系的疏离冷漠、年轻人频繁的自杀、社会道德的败坏，以及道德重整等问题，作家选择借由可笑的人所做的梦，将上述问题包裹在一起同时处理，而可笑的人就是梦想者一类的人物，因此我们认为可以将这一篇放入梦想者系列故事论之。自杀问题不止一次出现在陀思妥耶夫斯基的作品中，也不止一本他的小说出现自杀的情节，在《作家日记》里变身为时事评论者的陀思妥耶夫斯基也不止一次以此为主题而进行讨论，而他尤其想要探讨的是，二十世纪七十年代以后在知识分子之间如瘟疫一般蔓延的自杀问题。对熬过了漫长的流放生涯，后半生还是受到政府情报单位监视的陀思妥耶夫斯基来说，自杀的可怕之处在于，此时自杀的本质已经发生变化，它牵涉的不单是个人问题，而是社会问题、家庭问题，而且还有信仰丧失的问题，其中尤以虚无主义者以虚无为名的自杀最可怕。

在《一个可笑的人的梦》里主角在梦中自杀成功却又复活，这里的重点不在于复活是否有科学论据，或许应当把它视作作家的一个假设，试图以此来唤回自杀者对生存追求的欲望。故事中关于棺材漏水那一段的描写很有意思，这部分的概念应该是源自作家在一份自杀者的遗书中所读到的材料，那位自杀者曾表示"很讨厌棺材漏水"，显然这个部分被陀思妥耶夫斯基采用并放进了故事中，可笑的人在棺材里一直听见漏水的滴答声，这会不会让可笑的人因为担心死后都要这么不断地听着漏水声，而更厌恶死后的世界，反而宁愿活着呢！

不过，作为梦想者类型人物的再进化，可笑的人在这篇故事里被陀思妥耶夫斯基赋予了一项新的、更重要的任务——传道，为此作家甚至把可笑的人做梦的场景搬到外星球上，让外星球上的居民展现了古希腊神话中人类世纪的黄金时代，又让他们演绎了一番如同地球人类的堕落历史，严格来说应是基督教历史观之下的人类堕落史。此外，这一趟宇宙星球之梦还再现了《罪与罚》中男主角拉斯柯尔尼科夫所做的末世之梦，也为作家之后创作《卡拉马佐夫兄弟》的若干场景预先做了铺陈。这个梦是一个寓言，作家借由可笑的人在梦中的自我辩证，明确否定了人类应该由科学引领生活方向的看法，而梦的终极意图则是宣扬"爱人如己"的单纯真理，作家让可笑的人在瞬间悟了道，并在即使被众人视为"疯僧""可笑的人"的情形下，仍然决定要以传道为己任，或许读者对于一个相信梦中真理的人感到可笑；对于可笑的人究竟是醒了，还是仍处于梦境之中感到疑惑；对于整篇故事里的现实和梦境之间的分野也觉得模糊不清，但有一点是可以确认的，就是可笑的人已经走出梦想者的画地自限，故事末尾他蜕变成为一个行动者，正准备为自己的理念付诸行动，故事就停笔在这儿，说是悬念也罢，说是无限的可能也行。总之，可笑的人激昂的战斗情绪就这么凝铸在故事结束的一瞬间，成为永恒的战斗式了。

台湾大学外文系副教授<br>
熊宗慧

# 译后记
# 梦想为你宣告了一个新的生活，然后呢？

我的《地下室手记》出版后，从反应中得知有些读者对地下室人的理解上似乎有一块空白尚未填满，因此我了解到有必要来选一些梦想者的故事，因为地下室人是从梦想者衍生而出的。这本集子里选了三篇重要的代表作——《白夜》《小英雄》《一个可笑的人的梦》，都是广义的梦想者的故事。梦想者这个人物形象可以说是陀思妥耶夫斯基小说中最受关注的中心角色之一，读过这一系列的梦想者，再去看地下室人，去看作者后几部长篇小说中的那些叛逆者，相信会更有所得。

什么是梦想者？这是城市角落里的"中间物种"生物，喜爱把自己封闭在想象中，对于难忘的事情会反复梦见并耽溺其中，缺乏实际的生活经历。彼得堡的夏至白夜，天空不暗也不明，让人分不清昼夜，错觉容易使人产生幻想，陀思妥耶夫斯基就是在这样的天空下梦想、提问、思索：人与人之间的问题在哪里？为什么人那么孤独？社会那么疏离冷漠？每个人年轻时多少都彷徨不安，苦于孤独，人类原本期待科学文明发展可以解决这个问题，但现在拜科技之赐，却似乎相反，人的孤独期更长了！（完全如陀思妥耶夫斯基所预料！）于是，梦想就成了孤独的人仅有的希望。

《白夜》就是一个孤独的人跟不太明白自己为什么孤独的自我在对话，是内心独白，也是人物对话，甚至连女主角娜斯坚卡，我都觉得是梦想者在梦中创造出来的一个栩栩如生的对话者，因为作家小说里的梦想与现实的界线，并不如我们眼睛、头脑所看到、想到的那样。理智逻辑所到不了的地方是作者乐于探讨的，他自己也喜欢梦想，深知其可怕，一旦陷入就难以自拔，他用小说来描绘这种甜甜苦苦的感觉，试着找一条出路，不只是为梦想者找出路，也是为面临现代化不得不陷入孤独困境的整个人类找出路。

有些人喜爱梦想，有些人讨厌梦想，有些人不敢梦想，还有些人不知梦想为何物。这些故事刺激我们重新审视自己的梦想，看看自己的梦想与现实之间到底有多少互动，想想人是否因为梦想而伟大……阅读过后，仿佛感觉到作者提了问题给我们：

当你发现梦想为你宣告了一个新的生活，然后呢？

丘光

# 陀思妥耶夫斯基年表

编写 / 丘光、黄圣翰

**一八二一年**

十月三十日（公历十一月十一日，以下日期除特别标示外，皆为俄历），于莫斯科玛丽亚济贫医院出生，为家中次子。

**一八二三年**

从医院右厢房搬至左厢房，在此度过童年。

**一八三一年**

父亲在图拉省买了小村达罗沃耶，离莫斯科约一百八十公里，此后至一八三六年，每年夏天他都会来此避暑。过了两年又买下邻村切列莫什尼亚。

**一八三四年**

九月，与长兄米哈伊尔进入莫斯科的切尔马克私人寄宿中学就读。

**一八三七年**

一月底，诗人普希金与人决斗后重伤过世；二月底，母亲因肺病过世——这两大伤痛对十五岁的陀思妥耶夫斯基来说意义重大，将他的生活划分出一道界线。五月初，与兄前往谢尔基圣三一修道院朝圣旅行。五月中，为入军事工程学校就读与兄到圣彼得堡；五月底，两兄弟进入预备学校就读；十月，通过工程学校考试。

**一八三八年**

一月中，正式入学军事工程学校，校址在彼得堡最阴郁神秘的米哈伊洛夫斯基宫（原为沙皇保罗一世的新建皇宫，一八〇一年他在此被宫廷叛变的军官谋杀）。

**一八三九年**

六月，父亲在往切列莫什尼亚村的途中过世，死因一说为中风（官方文件说法），另在家族亲戚中流传一说为被自家的农奴所谋杀。

**一八四一年**

二月，于兄宅朗读自作戏剧《玛丽亚·斯图亚特》及《鲍里斯·戈笃诺夫》，现皆不存。八月，晋升准尉，获得校外住宿许可。

**一八四二年**

七月，休假至雷瓦尔（爱沙尼亚首都塔林的旧称），拜访年初新婚的长兄。

**一八四三年**

八月，毕业分配至部队的工兵制图单位。

**一八四四年**

一月，完成译作《欧也妮·葛朗台》（巴尔扎克著），后刊登于六月、七月号的《剧目与文萃》杂志。十月，因"家庭因素"退役。

**一八四五年**

五月至六月，完成首部小说《穷人》，作家涅克拉索夫彻夜读完，并将手稿转交给评论家别林斯基；六月一日左右，结识别林斯基；夏，与兄同仕雷瓦尔，开始撰写《双重人格》；十一月初，结识屠格涅夫；十一月中，拜访作家、评论家帕纳耶夫，对他的妻子阿芙多季雅一见钟情，随后给哥哥的信中提道："我似乎爱上了他的妻子，她才貌双全，惹人怜爱"——这段苦涩的单恋成了年轻作家日后写作恋爱情节的素材。

**一八四六年**

一月，《穷人》刊登于《彼得堡文集》（涅克拉索夫主编），获得好评。二月，自许甚高的《双重人格》发表于《祖国纪事》，却遭受普遍的负面评价。春，与彼得拉舍夫斯基结识。十月，撰写《女房东》；十二月，撰写《涅托奇卡·涅兹瓦诺娃》。

**一八四七年**

二月，开始积极参加彼得拉舍夫斯基举办的星期五聚会，着迷于乌托邦社会主义思想。四月，与别林斯基疏远；七月，别林斯基发表著名的《致果戈理的信》。秋，《穷人》出版单行本。十月至十二月，于《祖国纪事》发表《女房东》。

**一八四八年**

一月起，于《祖国纪事》陆续发表多篇小说。五月，别林斯基过世。十二月，于《祖国纪事》发表《白夜》，普获好评。

## 一八四九年

一月至二月，于《祖国纪事》发表《涅托奇卡·涅兹瓦诺娃》的开头。四月十五日，于彼得拉舍夫斯基的聚会上朗读别林斯基致果戈理的信；四月二十三日，因散播"有害思想"而被逮捕；四月二十四日，关押于彼得保罗要塞的阿列克谢三角堡；十二月二十二日，彼得拉舍夫斯基事件中有二十一人被判处死刑，包括陀思妥耶夫斯基，在枪决前最后一刻，沙皇宣布赦免死罪改判流放至西伯利亚服苦役。

## 一八五〇年

一月十日，行至西伯利亚的托博尔斯克；一月二十三日，抵达鄂木斯克的监狱，开始服苦役，这段生活后来在《死屋手记》中有详细描写。

## 一八五四年

一月二十三日，服满四年苦役刑期出狱。三月一日，抵达谢米帕拉京斯克，至西伯利亚边防部队报到，开始服兵役。春，结识当地的退职教师伊萨耶夫（此时已是无业游民兼酒鬼浪荡子）和他的妻子玛丽亚，受到热情的对待。十一月，与司法官员弗兰格尔男爵结识，男爵敬重他的才华，给予他不少援助，两人成为知己好友。

### 一八五五年

五月,伊萨耶夫一家因新工作搬至库兹涅茨克。八月,伊萨耶夫殁,留下不到三十岁的妻子和七岁的儿子帕维尔。十一月,晋升士官。

### 一八五六年

十月,晋升准尉。十一月二十五日至二十六日,到库兹涅茨克拜访伊萨耶夫的遗孀玛丽亚,向其求婚成功。

### 一八五七年

二月六日,与玛丽亚·伊萨耶娃结婚。二月十七日,重获所有权利,包括贵族身份。八月,于《祖国纪事》发表在彼得保罗要塞完成的《小英雄》。十二月,取得癫痫症妨碍当兵的诊断证明。

### 一八五八年

三月,提出退役申请。六月,长兄申请创办《时代》杂志获准,但最后又不能出版。

### 一八五九年

三月,因病获准退伍,并获得在特维尔的居住权。十一月至十二月，于《祖国纪事》发表《斯捷潘奇科沃村》，当时未引起注意（在作家死后才风行）。十二月底，获准迁居彼得堡。

**一八六〇年**

四月十四日，与冈察洛夫、涅克拉索夫、屠格涅夫、皮谢姆斯基、迈科夫及德鲁日宁等作家，参加文学基金会主办的戏剧《钦差大臣》慈善演出，饰演邮政局局长一角。九月，于报纸《俄罗斯世界》开始连载《死屋手记》。

**一八六一年**

一月，于长兄主办的《时代》杂志创刊号发表小说《被侮辱与被损害的》开头，并重新刊登《死屋手记》。年初，结识苏斯洛娃，其后成为陀思妥耶夫斯基的情人。

**一八六二年**

六月至九月，第一次出国，在伦敦与赫尔岑会面。六月十二日至二十四日，在威斯巴登第一次尝试赌轮盘，引发将近十年对赌博的狂热。七月七日，车尔尼雪夫斯基于彼得堡被捕。

**一八六三年**

二月至三月，于《时代》发表《冬天里的夏日印象》；五月，

《时代》因刊登斯特拉霍夫的文章遭停刊。妻玛丽亚离开彼得堡，陀思妥耶夫斯基说"她无法忍受这里的天气"。八月十日，从过世的姨丈库马宁那里得到三千卢布遗产。八月至九月，与苏斯洛娃在巴黎私会，因"有点迟到"，换来苏斯洛娃的移情别恋，两人几乎分手，不过仍同游法国、意大利、德国。十月，回到彼得堡。十一月，前往弗拉基米尔与妻会合，迁居莫斯科。

**一八六四年**

一月，获得许可创办新杂志《世纪》月刊；三月，《世纪》创刊号（一、二月号合并）出版，其中发表《地下室手记》第一篇。四月十五日，妻玛丽亚过世。四月底，迁居彼得堡（小市民街九号），完成《地下室手记》第二篇，后发表于《世纪》四月号。五月，车尔尼雪夫斯基被判苦役七年。七月十日，长兄米哈伊尔过世。九月二十五日挚友阿波隆·格里高里耶夫（杂志同事）过世。

**一八六五年**

三月，《世纪》因财务问题发行停刊号（二月号），发表《离奇事件》（后改名为《鳄鱼》）。四月至五月初，向安娜·克鲁科夫斯卡雅求婚（她是《世纪》杂志的撰稿者），同意不久后却反悔。七月，因财务吃紧，与出版商斯捷洛夫斯基签一份条件很差的合约，内容包括出版作品全集，以及在明年十一月一日前得完成一部新小说。

**一八六六年**

一月，于《俄罗斯通报》上开始连载《罪与罚》。十月四日，与速记员斯尼特金娜结识，开始口述撰写《赌徒》；十月二十九日，完成《赌徒》。十一月八日，向斯尼特金娜求婚。

**一八六七年**

二月十五日，与斯尼特金娜结婚。四月，与妻出国四年余；六月，于巴登跟冈察洛夫会面，与屠格涅夫发生争吵；八月，前往日内瓦，途经巴塞尔，参观巴塞尔画廊的《棺中死去的基督》（小汉斯·霍尔拜因绘），这个观画经历写进了小说《白痴》中。

**一八六八年**

一月，于《俄罗斯通报》上开始连载《白痴》。二月二十二日，女儿索非亚于日内瓦出生；五月十二日，索非亚因肺炎去世。

**一八六九年**

九月十四日，女儿柳博芙生于德勒斯登。秋，完成《永恒的丈夫》。

### 一八七〇年

《永恒的丈夫》刊登于斯特拉霍夫主编的《黎明》杂志一月、二月号。三月至年底，构思已久的《大罪人传》此时逐渐改变内容方向，不断有新的想法加入，最后决定以一桩虚无主义恐怖分子的谋杀案来带出俄罗斯的信仰问题，成了他最有政治意味的社会议论小说《群魔》。

### 一八七一年

一月，于《俄罗斯通报》开始连载《群魔》。四月，戒赌，给妻子的信中提到对赌博已不再狂热："折磨我十年之久的可恶幻想消失了……现在我自由了。"七月五日，全家返回俄国。七月十六日，儿子费奥多尔出生。

### 一八七二年

春，画家佩罗夫受艺术收藏家特列季亚科夫委托，为陀思妥耶夫斯基绘制肖像。十二月，成为《公民》周刊编辑。

### 一八七三年

一月一日，《公民》创刊号问世，《作家日记》开始在此连载。

**一八七四年**

三月二十一日至二十二日，因未经许可于《公民》上刊登梅谢尔斯基公爵（《公民》的创办人）的文章被拘禁。四月，请辞《公民》编辑一职；与涅克拉索夫恢复交往。夏，为治疗赴德国温泉地巴德埃姆斯。

**一八七五年**

一月，于《祖国纪事》开始连载《少年》。八月，儿子阿列克谢出生。

**一八七六年**

一月，《作家日记》以"独立杂志"的形式出版，身兼作者、编者、出版者，内容除了小说外，还有大量与时势交融的文艺、哲学、历史、政治方面的评论随笔，一月号发行两千册，两天卖完立即再印，二月号首印增为六千册，订户不多，以零售为主；这次成功的独立出版尝试，为作家带来可观的收入，甚至比单写小说还好。

**一八七七年**

春，在旧鲁萨买了一栋别墅。夏，全家赴库尔斯克省找小舅子做客。十一月，以俄语及文学获选科学院通讯院士。十二月二十七日，涅克拉索夫过世；十二月三十日，在涅克拉索夫的告别式上致悼词，称赞他为"应名列在普希金及莱蒙托夫之后的诗人"。

### 一八七八年
五月十六日，儿子阿列克谢殁。六月，与哲学家索洛维约夫造访奥普金那修道院，与知名修道士安弗罗斯会面。

### 一八七九年
一月，于《俄罗斯通报》上开始连载《卡拉马佐夫兄弟》。

### 一八八〇年
五月二十三日至六月十日，赴莫斯科参加普希金纪念碑揭幕仪式；六月七日，参加俄国语文爱好者协会会议，在屠格涅夫演讲后发表简短谈话；六月八日，在第二场俄国语文爱好者协会会议上，以《普希金》为题发表演讲，博得满堂喝彩，获赠花冠，晚间在文学音乐会上朗读普希金的诗作，该夜将花冠献于普希金纪念碑脚下。

### 一八八一年
一月二十六日，因搬过重的书架导致肺动脉破裂出血不止；

一月二十八日（公历二月九日），晚间八点三十六分，逝于彼得堡。《新时代》最先发出讣闻："过世的不仅是一位作家，还是一位导师，更是一位高贵的人。"一月三十一日，出殡，"整个社会都为他送行"。一月底，出版《作家日记》一月号。

二月一日，葬于彼得堡的亚历山大·涅夫斯基修道院附设墓园。其间，友人哲学家索洛维约夫发表悼念词："陀思妥耶夫斯基相信人类心灵拥有无穷的神圣力量……他的爱团结了我们彼此。"

二月初，列夫·托尔斯泰得知他的死讯后相当震惊，在给双方共同的友人斯特拉霍夫的信中写道："我从未见过这个人，也从未与他有过直接来往，突然间他死了，我才了解他是我最最亲近、亲爱又需要的朋友。……我失去了支柱。我仓皇失措，后来才明了，他对我来说多可贵，我哭过了，而现在还想哭。"

Белые ночи

by Фёдор М. Достоевский

Simplified Chinese edition copyright © 2024 United Sky (Beijing) New Media Co., Ltd.
All rights reserved.

---

图书在版编目（CIP）数据

白夜 /（俄罗斯）陀思妥耶夫斯基著；丘光译 . --
贵阳 : 贵州人民出版社 , 2024.8
（俄罗斯文学金色经典）
ISBN 978-7-221-17752-0

I.①白… II.①陀…②丘… III.①中篇小说—小
说集—俄罗斯—近代 IV.①I512.44

中国国家版本馆 CIP 数据核字 (2023) 第 143587 号

---

## 白夜
BAIYE

[ 俄罗斯 ] 陀思妥耶夫斯基 / 著
丘光 / 译

| | |
|---|---|
| 出 版 人 | 朱文迅 |
| 选题策划 | 联合天际·文艺生活工作室 |
| 责任编辑 | 徐楚韵 |
| 特约编辑 | 徐立子 |
| 美术编辑 | 冉 冉 |
| 封面设计 | @broussaille 私制 |

| | |
|---|---|
| 出　　版 | 贵州出版集团　贵州人民出版社 |
| 发　　行 | 未读（天津）文化传媒有限公司 |
| 地　　址 | 贵州省贵阳市观山湖区会展东路 SOHO 公寓 A 座 |
| 邮　　编 | 550081 |
| 电　　话 | 0851-86820345 |
| 网　　址 | http://www.gzpg.com.cn |
| 印　　刷 | 北京联兴盛业印刷股份有限公司 |
| 经　　销 | 新华书店 |
| 开　　本 | 889 毫米 ×1194 毫米　1/32 |
| 印　　张 | 6.25 |
| 字　　数 | 115 千字 |
| 版　　次 | 2024 年 8 月第 1 版 |
| 印　　次 | 2024 年 8 月第 1 次印刷 |
| 书　　号 | ISBN 978-7-221-17752-0 |
| 定　　价 | 62.00 元 |

本书若有质量问题，请与本公司图书销售中心联系调换
电话: (010) 52435752